CB071800

Bárbara Simões

Firmina

2ª edição

malê

Copyright © 2021 Editora Malê. Todos os direitos reservados.
ISBN 978-85-92736-63-7

Capa : Bruno Francisco Pimentel
Editoração: Maristela Meneghetti
Editor: Vagner Amaro
Revisão: Léia Coelho

Texto revisado segundo o novo Acordo Ortográfico da Língua Portuguesa.

Proibida a reprodução, no todo, ou em parte, através de quaisquer meios.

Dados internacionais de catalogação na publicação (CIP) Vagner Amaro

CRB-7/5224

S593f   Simões, Bárbara
          Firmina / Bárbara Simões. – Rio de Janeiro:
   Malê, 2021.
   220 p.; 21 cm.
   ISBN 978-85-92736-63-7

      1. Romance brasileiro II. Título
                                            CDD – B869.3

Índice para catálogo sistemático: Romance brasileiro B869.3

Todos os direitos reservados à Malê Editora e Produtora Cultural Ltda.
www.editoramale.com.br
contato@editoramale.com.br

2021

Toda ficção é baseada em fatos reais.

A liberdade é valor sagrado!

Por Rafael Balseiro Zin[1]

A trajetória intelectual de Maria Firmina dos Reis, bem como o conjunto de sua biografia, vem despertando um crescente interesse por parte das novas gerações de leitores. Nascida em 11 de março de 1822, na ilha de São Luís, capital da então província do Maranhão, a jovem foi registrada como filha de João Pedro Esteves e Leonor Felipe dos Reis. Menina bastarda pertencente a uma família de pequenas posses, aos cinco anos, teve que se mudar para a vila de São José de Guimarães, ligada ao antigo município de Viamão, localizado no continente e separado da capital pela baía de São Marcos. Vivendo próxima ao mar, e tendo se tornado íntima dele, Firmina cresceu em uma casa habitada por mulheres, em companhia da avó, da mãe e de suas duas únicas amigas, a prima Balduína e a irmã Amália Augusta dos Reis. Já adulta, em 1847, aos vinte e cinco anos, é aprovada em um concurso público para a Cadeira de Instrução Primária em Guimarães, tornando-se, assim, a primeira mulher a integrar, oficialmente, os quadros do magistério maranhense, função que ocuparia até o início de 1881, ano em que se aposenta.

O romance Úrsula, sua obra de estreia na literatura, foi publicado em 1859 na cidade de São Luís. Sob o manto protetor "Uma

---

[1] Rafael Balseiro Zin é sociólogo e pesquisador do Núcleo de Estudos em Arte, Mídia e Política da Pontifícia Universidade Católica de São Paulo (Neamp/PUC-SP).

Maranhense...", de forma inédita, a autora aborda a questão da servidão a partir do entendimento do negro, do mesmo modo em que denuncia as duras condições do cativeiro, revelando as contradições existentes entre a fé cristã, mantida e professada pela sociedade brasileira do XIX, e as crueldades do regime escravagista, com seus castigos, torturas e humilhações. Em decorrência disso, Maria Firmina dos Reis é considerada, hoje, a primeira mulher a publicar um romance no Brasil, sendo também a primeira mulher negra a realizar tal feito. Infelizmente, por força do destino, ou então por conta das forças estruturantes de uma sociedade desigual como a brasileira, suas ideias ficaram relegadas ao esquecimento por décadas, até que, em 1962, o único exemplar da primeira edição de Úrsula que sobreviveu ao tempo foi redescoberto pelo historiador e bibliófilo paraibano Horácio de Almeida, em um sebo na cidade do Rio de Janeiro.

Os demais documentos que nos permitem reconstruir com maiores detalhes a trajetória de Maria Firmina dos Reis foram recuperados na década seguinte, a partir de 1973, pelo professor, poeta e jornalista maranhense José Nascimento Morais Filho, que realizou uma intensa pesquisa nos periódicos locais do século XIX e início do XX e que entrevistou, entre outras personalidades, dois filhos de criação da escritora, Leude Guimarães e Nhazinha Goulart. É dele, inclusive, o primeiro esboço de uma biografia da maranhense, intitulada *Maria Firmina, fragmentos de uma vida*, obra de difícil acesso, publicada em 1975 na cidade de São Luís. O livro de Morais Filho reúne charadas, enigmas e poemas divulgados na imprensa; os contos *Gupeva* (1861) e *A escrava* (1887); além do Álbum de recordações da escritora, uma espécie de diário íntimo que revela, entre outras curiosidades, alguns traços de sua personalidade. Proveniente das massas, mas não se dirigindo necessariamente a elas,

Firmina encontrou na literatura uma forma de expressão artística, mas, principalmente, política. Até porque, mesmo não tendo vivido sob a condição de cativa, assistiu de perto às mazelas da escravidão, o que fica evidente em boa parte de seus trabalhos. Tomando esses breves registros como ponto de partida, e sem medo de exagerar, podemos dizer que a história de Maria Firmina dos Reis daria um belo romance. E é justamente com base nessa premissa que Bárbara Simões Daibert apresenta ao público-leitor sua mais recente criação.

Firmina é uma narrativa híbrida, que pode ser lida tanto em perspectiva histórica quanto biográfica. Reconstruindo com precisão a ambientação social e psicológica que fundamenta e configura o universo mimético vivido pelas personagens, e propondo uma trama complexa de viés tipicamente romântico, Bárbara nos oferece uma história instigante e que nos leva a refletir. Ao retratar os dilemas e conflitos internos vividos pela protagonista, uma jovem professora negra engajada na luta abolicionista que se apaixona por um deputado branco defensor da manutenção do sistema escravagista, a autora explora a dimensão humana de Maria Firmina dos Reis, afastando-se, assim, de perspectivas mitificadoras e deificantes frequentemente atribuídas à sua figura. Ao mesmo tempo, trata-se de uma obra que se insere em meio a uma tradição pouco conhecida no Brasil, e também pouco explorada pela crítica especializada, que são os romances de cunho antiescravista publicados no pós-abolição. *A família Medeiros* (1891), de Julia Lopes de Almeida, ou mesmo *Vencidos e degenerados* (1915), de José Nascimento Moraes, e o complexo livro de Cornélio Penna, *A menina morta* (1954), são exemplos significativos dessa vertente literária, que volta o olhar para o passado com vistas a ressignificar o presente. Mas por que publicar um romance como esse, justo em 2019?

Os estudos que buscam compreender as origens dos males brasileiros são muitos e, comumente, partem de um recorte temporal que estabelece o século XIX como pano de fundo para análise. Isso porque é nesse período que o Brasil se torna independente de Portugal, reivindicando para si a necessidade de se criar uma identidade nacional própria. Sem abrir mão da forma monárquica de governo e tampouco de um sistema econômico cuja base de sustentação se dá pela exploração do trabalho servil, porém, o resultado desse processo nos legou dois dispositivos de dominação que, até hoje, continuam operando em sua máxima capacidade no país: o *sexismo*, fruto do Patriarcado estruturante da nossa sociedade, e o *racismo*, mecanismo perverso originado nos mais de três séculos de escravização negra nas Américas. Ao revisitar o passado através da trajetória ficcionalizada de Maria Firmina dos Reis, portanto, Bárbara nos ajuda a melhor compreender o Brasil de hoje e a vislumbrar – quem sabe? – maneiras de superar os nossos desafios.

É preciso lembrar, finalmente, que no campo das artes, em geral, seja na literatura, no cinema ou mesmo na teledramaturgia, é bastante comum vermos as personagens negras desempenhando papeis secundários ou associadas a condutas desviantes. Por tal motivo, um romance como esse que Bárbara nos apresenta é de fundamental importância para mudarmos esse paradigma, uma vez que, através dele, torna-se possível construir visões de mundo mais plurais e diversas. Se a liberdade é um valor sagrado, como sugere o título dessa breve apresentação, aproveito essas linhas finais para deixar ao leitor uma provocação célebre feita recentemente pela atriz, cantora e escritora capixaba Elisa Lucinda, em sua página numa rede social: "Não dá mais pra segurar. O mundo pede abolicionistas modernos e quer saber: de que lado você está?".

Capítulo 1

Eu, se pudesse me mudar, não sei, mas gostaria de não ter tido pés tão flutuantes. Embora eu sempre tenha gostado da sensação da areia correndo sob meus pés na praia do Cumán, e esta é apenas mais uma das minhas contradições; a vida é uma mentira, e eu sou só mais um pedaço da realidade. Então. Se pudesse, teria pisado mais firme, e meus joelhos talvez não estivessem tão estropiados nesses tempos do agora. Mas o fato é que vivi nas giragens, e cá estou como posso ir sendo: reclamar de leite derramado a uma altura dessas é bobagem.

Aprendi com o passar dos anos a suportar minha melancolia, e sempre me equilibrei nas minhas movências, mas nunca entendi o amor. Não sei o que significa ser amada. Você pode ter muitos amigos, passar dias a fio em saraus e encontros, ser convidada para jantares com pessoas excelentes, viver cercada de boa gente que lhe ouve as opiniões e as aprova na maioria das vezes. E, ainda, você pode ter muitos alunos ou filhos do coração. Como a Nhazinha, ou a Sinhá, minhas meninas. A Rosa. O Benedito. Eles podem dizer que gostam de você, que a admiram, que a senhora é uma excelente mestra e mamãe. Estimada. E tudo pode parecer ou ser verdade, o que no fim dá no mesmo. Ainda assim, não sei o que é o amor. Amor é uma coisa que nunca passou perto de mim, ou que nunca cheguei a entender. Alguém entende o amor?

Minha história não tem fatos espetaculosos. Passei grande

parte dela tentando me equilibrar em meus joelhos, e outra tentando entender o que seria o amor, e acho que morrerei sem conhecer tal sentimento. Mas de fato fui uma pessoa estimada. Acho que ainda sou, pois outro dia, e isso não faz tanto tempo, recebi na minha casa a visita em pessoa do governador Luiz Domingues, uma cortesia das mais elegantes. Saiu a notícia n'*A Pacotilha*, em São Luís. Uma nota. Cheguei a ler. Prova de consideração uma visita daquelas. Eu estava adoentada na época. Estes meus joelhos.

    Preciso narrar, porque a verdade é que tenho sonhado muito ultimamente, e, em meus sonhos, sinto meu corpo e, sobretudo, minha alma, se desmembrando, e tenho um medo estranho e louco de que isso aconteça. Esses sonhos de desmembramento e de rostos negros esquartejados têm me assombrado, e luto dias a fio para esquecê-los, e não tenho sucesso e nem sossego. Em meus piores pesadelos, os meus olhos são arrancados das órbitas como na última cena do Édipo apresentada há tantos anos no teatro São Luís na época em que eu ainda enxergava bem. Havia uma senhora na minha frente com um chapéu espalhafatoso e ridículo, e eu naturalmente não tinha um binóculo, mas mesmo assim consegui ver muito bem a última cena em toda a sua fatalidade. Nunca me esqueci. Aquela claridade toda com que Édipo via sua própria realidade. Quem não teria arrancado os olhos naquelas condições? Mas... eu estava tentando explicar meu sonho. Sou desmembrada, pedaço por fatia. Por último, sobram no meu corpo as minhas mãos, que não são essas rugas feias, mas aquelas mãos de moça recatada e audaciosa que desafiaram as ruas um dia com o manuscrito de *Úrsula* na direção da tipografia do Progresso. Aquele livro deu o que falar.

    Como em todos os meus projetos, eu havia pensado um final

feliz para a pobre coitada da minha heroína, mas não achei jeito de salvar Úrsula da maldade daqueles homens. Foi uma história triste, decerto, mas muito verdadeira, e sei que arrancou suspiros de umas moças e comentários de uns rapazes. Também deu... em uma conversa com o deputado Gomes de Castro. Aquela conversa e aquele bule de chá. Aperto os meus lábios, mas o gosto da erva-doce se foi.

Tenho poucos amigos. Acordo cedo, minha rotina é simples. Tomo minha sopa de leite com beiju, bolo com coco às vezes, tenho frango assado no almoço quando posso. Mariazinha me ajuda com os cuidados mais básicos, e insiste para que eu me mude para a casa dela, mas ainda não quero. Este é meu espaço. Ela se cala, vencida, mas percebo que gostaria muito mesmo que eu me mudasse para o seu casebre. Faria pouca diferença; minha casa aqui em Guimarães está em frangalhos e necessita de reformas que não posso fazer, mas faço com que ela se cale sobre o assunto. Quando a Mariazinha não dorme aqui, chega muito cedo, volta a sair para comprar o que preciso ou para cuidar do quintal. Depois, passa o dia comigo, faz o serviço da casa, cuida sempre de abastecer minimamente a despensa. Eu nunca vou à vila, não passo dos limites deste quintal. Em São Luís, há muito que não ponho os pés.

Entre as idas e vindas de Mariazinha ao centro de Guimarães com o cesto, passam-se muitas horas, e não tenho com quem conversar. Então, escrevo, que isso sempre me aliviou o peso da vida. Meus olhos ainda funcionam, embora cada vez menos, e as primeiras horas do dia são as melhores para distinguir letras de borrões de tinta. Às vezes, tenho vontade de escrever outro romance, já pensei em dar uma continuidade à história de Úrsula, ou quem sabe criar outra a partir do meu antigo conto, ou voltar ao meu texto indianista, mas me lembro de que matei a maioria daqueles personagens do passado e teria que inventar outros, e a inspiração parece que se foi junto com a esperança de dias melhores para este país. Invento então esta, que é outra história lembrada, um pouco sobre o que foi e um pouco sobre o que talvez tenha sido. Esta manhã está especialmente abafada e irritante. A culpa pode ser minha; afinal, não dormi muito bem. Meu joelho direito doeu um pouco mais do que de costume, perdi o sono, as corujas pareciam assanhadas em um murmúrio infinito, as lembranças me invadiram,e os mortos vieram de seu descanso perturbar o meu. Perturbaram-me com boas lembranças, chamadas de saudade. Não existe lembrança que não doa um pouco. Penso nisso enquanto tomo o café, que a Mariazinha deixou, com as broinhas de milho.

    Esta porcelana está bem usada, mas em perfeito estado, foi o que sobrou de tempos mais abastados. Ergo a xícara e vejo bem diante de mim os rapazes do Clube dos Mortos em uma de nossas animadas reuniões. Tempos bons, de confabulações infindáveis, Adelina entrando e saindo com notícias frescas da Corte, da Câmara de São Luís, sempre um escravo a ser escondido, sempre alguém a ser alertado, os fazendeiros do Partido Conservador completamente loucos com o episódio em Viana e com o avanço da causa abolicionista; a cada dia, uma publicação de escravos alforriados, o *Diário do Maranhão* e *O País* noticiando fugas e anunciando o apocalipse com toda a histeria possível. E olha, cá estamos, sãos e salvos, exceto de nós mesmos, e o fim não chegou, a não ser para alguns. Mas aquele ano de 1875 foi um dos mais difíceis, de fato.

    Talvez, o início da tristeza tenha sido o dia 09 de abril. Ou o que pudemos depreender do comentadíssimo artigo "Cenas da Escravidão", no *Diário do Maranhão*:

Hoje, por ocasião de embarcar grande quantidade de pretos para o Rio de Janeiro, no vapor que para aí segue, tivemos ocasião de presenciar uma cena das mais edificantes: Entre esses infelizes, via-se uma rapariga que teria quando muito 16 anos, a qual banhada em lágrimas estreitava em seus braços uma pobre velha qual se via, por sua desgraça e sorte, obrigada a apartar-se de sua filha, fruto de suas entranhas! Semelhante cena sensibilizou de tal forma as pessoas ali presentes que em muitos correram lágrimas de dor e compaixão.

Não sei se a cena foi edificante. Foi confusa, estranha, a maioria não soube o que fazer. A comoção geral cresceu além dos limites devidos quando a mulatinha começou a gritar para que não a levassem para longe. Muitos abolicionistas, cais lotado, manhã abafada, feitores, gente de importância, jornalistas, um cheiro podre da sujeira dos dejetos jogados por ali e ainda não engolidos pelo mar, tudo fazia a gente ter náuseas. A inadequação do título de Atenas Brasileira à cidade que vendia mercadoria humana para o sul em navios fazia a gente querer chorar, gritar, arrancar os cabelos dos penteados, foi o que chegou a dizer dona Miranda, uma das mais entusiastas da Causa, mas disse em voz baixa, sendo ouvida só por algumas mulheres. A mocinha foi afastada da mãe e embarcou no navio em lágrimas e sem ferros, mas ameaçou voltar, e um empurrão enérgico de um dos encarregados a ajudou a encontrar seu lugar rampa acima e até o chão do convés. Quanto mais se prolongasse o momento, pior para todos os infelizes que o testemunhavam; disso pareciam saber até as pombas aflitas que cagavam sobre nossas cabeças. Senti raiva das pombas naquela manhã, não pela sujeira, mas pela presunção: pescoços levantadinhos e impassíveis à situação de todos os desgraçados de São Luís.

O navio estava quase pronto, a velha mãe chorava ao lado de outras mulheres, palavras de ordem ecoavam aqui e ali. Não havia muito a ser feito, e um senso de praticidade operou rapidamente em nossas mentes quando a diligência ordenou aos mais exaltados que se mantivessem em silêncio e afastados. O único feito que os ilustríssimos senhores conseguem é dar esperança falsa a esses pobres coitados, isso é perverso, ouvi alguém dizer, e retirei-me para um lado onde a aglomeração era menor.

Entre os mais exaltados, Victor Lobato ameaçava escrever a amigos da Corte e pedir reprimenda moral aos fazendeiros que separavam famílias e "atentavam contra Deus e seus mais sagrados mandamentos". Mas muita gente sabia que ele era pela ciência e pelo progresso e contra o atraso representado pelo poder do clero, então deixaram que falasse sozinho, ajudado somente por Antônio Lobo e João da Matta de Moraes Rego, esses excelentes senhores de engenho abolicionistas e intelectuais, que sempre apareciam em público a favor da Causa, embora mantivessem seus próprios escravos em suas lavouras.

Antônio Henriques Leal também estava aos berros, ao lado do rapaz Artur Azevedo, mas a verdade é que os gritos da mulatinha inconsolável lá no alto do navio nos enchiam de inércia e nos tornavam espectadores ansiando o próximo ato, inevitável, fatal, que precederia finalmente as cortinas e o momento em que poderíamos aplaudir o espetáculo e soltar o ar contido durante o clímax. O navio já dava sinais de partida quando a mocinha lá no convés resolveu externar mais enfaticamente seu desespero. Muitos rostos negros a olhavam assustados, de dentro do navio e no cais. Muitos eram os que perdiam entes queridos nesse dia. Absolutamente todos os negros que enchiam o cais haviam perdido alguém em outros dias e ao longo da vida. Mas os gritos dela tiravam a gente de um entorpecimento e pareciam agulhas tocando na dormência das almas. Até os moleques que corriam pela praia pararam por instantes e se dispuseram a olhar, com expressão aterrorizada, a obviedade de todos os dias que se descortinava sem nenhum pudor bem na nossa cara.

Nem mesmo após a partida do navio, ela se calou. Não víamos mais o que se passava no convés, mas ouvíamos o choro continuado, os gritos, o lamento incessante e desesperado, e parecia que nos tornávamos todos cúmplices de um pecado sem perdão possível. Para alívio geral, e quando talvez já não suportássemos mais, o barulho das ondas foi abafando os gritos da pobre mulata até engoli-los completamente, e começamos a nos ouvir novamente, o burburinho dos senhores, as exclamações das senhoras, e, por fim, demorei a perceber que a tal negra, mãe da mulatinha levada pelo navio, caíra desfalecida na beira da praia.

O dia mal começara, e prometia ser longo. A negra deixada no cais era forra, morava em um casebre na Rua da Inveja, bairro pobre da cidade. Disseram que a casa ficava em frente a uma ladeira como todas as outras, de calçamento grosseiro, passeios irregulares e estreitos, que seria difícil levar a negra assim, que alguém ficasse com ela em casa até que tivesse condições de andar, que seria irresponsável deixá-la ali na rua, jogada.

Amelinha falou que a levaria, e eu acabei incumbida de pedir ao Antônio Lobo que fizesse o obséquio de arrumar um cavalo. Mas o cavalo dele não estava por perto, não havia moleque para ir buscá-lo, e acabaram chamando um palanquim, a redinha carregada por dois negros, onde a pobre mulher foi acomodada e, de lá, carregada no lombo dos pretos descalços até a casa de Amelinha, esta minha prima que morava na rua da Estrela. Fiquei para trás para conversar com Victor Lobato sobre um poema que eu queria enviar para *O Jardim das Maranhenses*, mas a multidão continuava ruidosa em seu protesto infrutífero. Este não era, afinal, o único navio que partia abarrotado de escravos para o Sul. Saíam com muita frequência agora. Iam levando nossa riqueza, bradou o Heráclito Graça, e só então percebi a presença de tantos do Partido Conservador perto do cais, estranhei naturalmente o fato e a indignação ferida, mas depois fui entender que o protesto era justo como todos os protestos do mundo são justos: as fazendas do Maranhão iam ficando vazias, o algodão precisava ser colhido, a cana precisava ser cortada. Sempre há o outro lado da moeda.

Virei-me quando vi que João da Mata de Moraes estava discutindo com o Lobato, aquilo não era mais lugar para mulheres, mas o Sr. Antônio Henriques Leal me chamou com toda a delicadeza que lhe era peculiar, e me voltei instantaneamente.

— Senhora Maria Firmina, que coisa. O que lhe pareceu este episódio?

— Uma coisa monstruosa, senhor — olhei nos olhos do rico senhor do Engenho de açúcar que ficava na Baixada Maranhense. — Como todas as outras, aliás, desta nossa triste instituição chamada Escravidão...

— Decerto. — Ele riu-se. — Está aqui uma senhora com opinião. Li seu poema publicado no Eco da Juventude...

— Obrigada.

— Achei melancólico. Não podia ter dado um final mais feliz àqueles versos? – . Ele citou as últimas estrofes, realmente aterradoras:

Não queiras a vida
Que eu sofro levar,
Resume tais dores
Que podem matar.

E eu as sofro todas, e nem sei
Como posso existir!

Vaga sombra entre os vivos,
mal podendo
Meus pesares sentir.

Talvez assim Deus queira o meu viver
Tão cheio de amargura.
P'ra que não ame a vida, e não me aterre
A fria sepultura.

— Achei...tão triste... este final... Acho que corei.

— Os tempos andam inapropriados para finais felizes, senhor Henriques... não acha?

— Acho! — ele riu-se, e a barba grisalha refletiu o sol da manhã abafada. Como vão todos em sua casa?...Espero que bem.

— O senhor se refere à minha prima de São Luís, Amelinha...e à mãe dela. Elas vão bem de saúde. Amelinha acaba de sair, acompanhando a pobre negra desfalecida. Vai hospedá-la em casa, ao que parece.

— Se o mundo fosse como o coração das senhoras!...

— Não seria muito prático, senhor Henriques. Melhor do jeito que é.

— Senhora, não seja tão exigente com seu próprio sexo.

Olhei ao longe, na esperança de ainda encontrar um vestígio do navio. Era impossível, ele se fora.

— Veja bem, senhor Henriques. Não entendo muito do que se passa neste país...

— A senhora podia participar de nossa reunião — ele baixou o tom de voz. — O Victor Lobato não a convidou?

— Não. Estou em algumas agremiações...

— Não me diga que está sem tempo...

— Não. Sempre encontro tempo para discutir as questões importantes deste país. Mas...

— Como vai a escola em Guimarães?

— Bem. Fico lá a maior parte do tempo. Mas tirei esses dias... estamos em uma semana sem aulas...Preciso ver uns livros aqui. Coisas que não encontro em Guimarães.

— Sim! Entendo! ...Temos ido à livraria Universal à tarde. Enquanto estamos na cidade também. Por que não passa por lá e conversamos sobre a Causa? Leve as senhoras...

— Ótimo. Levarei. Preciso ir, senhor Henriques. Preciso ir.

— Sim. O sol anda escaldando nossos miolos. Espere. Viu quantos do Partido Conservador por aqui?

— Vi! — suspirei, sem querer. — Achei...estranho.

— O que mais pode causar estranhamento neste país, afinal?...

— De fato. Mas...por que se mostraram tão indignados?... Trata-se afinal de negócios.

— Eles não querem que nossos negros sejam levados embora para o Sul. E neste ponto...estão certos.

— Pode ser.

— Pode ser?

— Não sei, senhor. Não sei. Às vezes... acho difícil opinar.

Ele me olhou demoradamente, complacente. Claro. Afinal, eu podia ser escritora de versos e romances, podia falar francês bem e ser professora concursada. Mas continuava sendo mulher. E parda, como aliás a maioria daquela gente, salvo algumas raras exceções. Ele havia estudado na Corte, era homem da política e da literatura, conhecera outros mundos e podia se admirar da capacidade de uma provinciana de família pobre, uma senhora cuja fama se fizera a partir de um romance e versos em jornais da província. E, claro, naquele tempo, eu era adorada em Guimarães pelos alunos, e ainda dava aulas como professora de primeiras letras na escola que ficava próxima ao Engenho do deputado Gomes de Castro.

— Bem...sempre é bom participar de reuniões com outros que têm opinião. Ouvimos, ajuda-nos a formar nosso próprio ponto de vista sobre a questão...

— Tenho um ponto de vista. Negro é gente. Mas a mulher que desmaiou foi carregada no lombo de dois pretos, porque... tivemos compaixão dela. O que isso muda?...

Antônio Henriques riu-se, desconcertado. A multidão se dispersara, e só os membros do Partido Conservador permaneciam em uma conversa acalorada com Victor Lobato e João da Matta. Achei melhor ir embora e deixar o Lobato para outro dia.

— Quer que eu a acompanhe até a casa de sua tia?

— Senhor, é muita gentileza. Mas muito incômodo.

— Nenhum incômodo. Vamos. A discussão deles ainda vai durar.

— O senhor deveria ser solidário e chamar o senhor Victor Lobato.

— Não ... — Antônio Henriques riu-se. — Deixe-o. Ele que se vire com esses cães.

— Não são cães...

— Sei... são piores que os cães, senhora.

— Estão defendendo seus interesses. O senhor também defende os seus. Eu defendo os meus...

— Professora, a senhora se tornou implacável! Onde está aquela timidez de uns anos atrás? Quando nos encontramos todos no Engenho, lembra-se?... Carolina fala muito da senhora.

— Quanta gentileza. Mande lembranças a ela. E às outras suas filhas. São todas ótimas moças— .Começamos a andar em direção ao Largo do Carmo. — Foram ótimas alunas, todas.

— Que bom... Pena termos tão poucas escolas ainda...

— Realidade que não mudará, ao que parece, senhor Antônio Henriques. Coisa triste. Muitas meninas podiam aprender. Muitos meninos também...

— Verdade... Mas... a senhora é realmente um fenômeno! Aprendeu sozinha. Como pôde?...

Eu dei de ombros. Aquele homem era muito gentil. Fazia a gente se sentir assim, à vontade. Eu não queria brigar mais com ele, afinal. Estava cansada de pequenas brigas. Era melhor guardar energia para as grandes.

— Bom...não havia muito o que fazer por aqui ou em Guimarães quando eu era criança.

Ele riu-se demoradamente. Depois, apressou o passo, ao meu lado, com toda a gentileza possível, dando-me o braço. Outros caminhavam também em direção ao Largo do Carmo, e ele comentou as melhorias que a cidade havia obtido nos últimos anos, destacando principalmente as telhas das casas, que haviam em grande parte substituído aquelas horríveis coberturas de palha.

— Não lhe parece? — perguntou Henriques, no auge da animação.

— Tenho vindo pouco a São Luís, mas sim, de fato. Parece mais limpa...

— A civilização e o progresso, minha senhora! É tempo de acontecer... viu com certeza a estátua do poeta Gonçalves Dias no Largo dos Remédios?...

— Sim... passei por lá quando vinha. Mas gostei sobretudo dos novos chafarizes que esparramaram pela cidade. Sabe se foi ação do...

— Do senhor Augusto Olímpio Gomes de Castro!... — sim. Aquele crápula. Obviamente, o Augostinho Autrand arquitetou tudo, insistiu tanto para que a cidade tivesse essas pérolas...mas não teria poder nem recursos... Fez o projeto... Mas foi Augusto que deu jeito e mandou trazerem os chafarizes, e fez com que o projeto se transformasse nos chafarizes...

Suspirei levemente, tentando fitar qualquer quinquilharia em uma das vitrines da Rua da Estrela. Quinquilharia, aliás, era o que não faltava por ali. Mas havia chapéus lindos em uma loja, e senti vontade de entrar e ver. Cansei-me por um instante do velho Henriques.

— Ora, vejam, estou precisando de um novo chapéu... senhor... deixe-me aqui. Não precisa me acompanhar até a casa da minha tia.

— Vou entrar atrás da senhora. Preciso justamente conversar com o dono desta loja.

Quis gritar, mas lembrei-me rapidamente da mulatinha no convés e desisti.

— Sim. Claro. Vamos.

Entramos. O dono da loja, um senhor Freitas, veio todo faceiro ao meu encontro ao ver que Antonio Henriques me acompanhava.

— Oh! Veio comprar chapéus para as meninas?...

— Não, senhor...! — eles se cumprimentaram, e eu escapuli para um lado, pondo-me a examinar uns modelos.

— Então! ... a que devo a honra...

— Estou acompanhando uma antiga professora das minhas filhas, de Guimarães, a senhora Maria Firmina dos Reis, conhece?

O vendedor, que já havia naturalmente me vendido alguns chapéus em outras vezes, me cumprimentou, interessado.

— Olá, senhora. Sim, sim. Lembro-me da dona Maria Firmina. Vem a São Luís com muita frequência, não?

— Ultimamente, nem tanto, senhor. Uma pena. Gosto muito desta cidade. Nasci aqui.

— Oh... sim. Eu sei. Conheci muito aquele seu parente, o Sr. Sotero dos Reis. Uma perda a sua morte.

Eu não pude conter o sorriso.

— De fato. Uma perda para todos nós. Ele era primo de mamãe.

— Sim... lembro-me muito dele. Enfim... *Mundus Dei*...

— Sim. *Mundus Dei*. Nada a se fazer.

Calei-me, examinando um chapéu pequeno do formato exato que eu precisava. O tecido era claro e excelente para um passeio na praia. Enfim, era perfeito. Mas o Sr. Henriques ia querer pagar, e não seria justo. Tentei despistar, sabendo que não seria fácil. Ele falava sem parar com o tal Freitas. Acabei ouvindo o assunto sem querer.

— Então. Veja o senhor, meu caro Freitas. Acabei parando na sua loja, sendo que eu queria mesmo lhe falar. Coincidências da vida. Eu acompanhava a nossa boa senhora Firmina... uma coisa horrorosa aquela cena. Triste de se ver. Senhoras aos prantos. Foi triste, de fato. Veja o senhor, as pessoas se comoveram. Não temos como fazer algo a mais? O pobre do Victor Lobato por lá ficou, em discussões com aqueles abutres. Já me cansei de discutir. A hora é agora. Se não fizermos alguma coisa...

O outro concordava, dizia que a loja estava à disposição inclusive para esconder cativos. Pensei que aquilo era no mínimo estranho, considerando que Henriques possuía cativos. Era um abolicionista de araque, sempre fora. Eu queria ir embora.

— Faço questão, senhora — ele arrancou o chapéu das minhas mãos, como eu previra. Contive o impulso de impedi-lo, que seria inútil, de qualquer forma.

— Deixe. Fica como um presente das minhas meninas para a senhora. Elas adorariam fazer isso.

— É muita gentileza, senhor Henriques.

O Freitas sorriu e me entregou a caixa com o chapéu.

— Espero enviar meu filho para que possa participar da reunião na livraria, senhor Henriques. Para mim é difícil... tenho a loja...

— Eu sei, eu sei, eu sei... mas o senhor me entendeu. Queria o seu apoio. Precisamos de um local aqui nesta rua da cidade... para esconder as pessoas... no caso de... o senhor sabe— ele alargou o colarinho. Parecia esbaforido por causa da caminhada ou do calor da manhã quente. — Na frente da senhora Firmina, posso falar. Ela é completamente a favor da Causa.

Eles me olharam, e baixei os olhos. Este foi um dos dias piores da minha existência. Lembro-me muitas vezes de ter me questionado sobre o futuro da Causa nas mãos de homens como o Sr. Antônio Henriques. Mas eu também sabia fingir nessa época.

Hoje, claro, sei muito mais. Mas, naquela altura, já tinha aprendido muito bem.

— Sou a favor da libertação de todos os cativos, senhores. Não faço segredo sobre isso. Meus alunos conhecem minha posição em Guimarães. Meus poemas e minhas charadas... algumas trovas que andei publicando no *Semanário Maranhense*...

— Oh, todos conhecem sua posição e decerto a respeitam.

— Se não a respeitam, ao menos não me dizem. Não me contive. Algo nos gritos daquela mulatinha havia me dado uma dose de coragem extra naquela manhã. — Mas não sou chamada mais para nenhum sarau, nenhum evento importante. Nunca fui muito chamada. Mas, ultimamente...

— Senhora, há uma crise, os eventos andam rareando. Mas cuidarei para que receba convites oportunos de nossos amigos abolicionistas.

— Não estou reclamando, senhor Henriques. Entendo o jeito como as coisas são...

— As coisas não precisam ser assim, senhora.

— Não. *Mundus Dei*. Tenho que ir, cavalheiros. Muito obrigada pelo chapéu. Mande lembranças às meninas.

Antes que ele pudesse me reter mais, saí atabalhoadamente da loja, tropeçando, é claro, no calçamento irregular da Rua da Estrela. Continuei, quase correndo, na pressa de não encontrar mais nenhum senhor de engenho liberal e abolicionista pelas ruas. Eu estava muito cansada. E ainda havia tanto a se fazer.

****

Capítulo 2

— A senhora está fazendo coisa errada. Não devia ter dei-xado o xale lá dentro. Olha esse vento. — Eu a olhei nos olhos com preguiça tão sincera, que ela parou de ralhar comigo.

— Tá bom. — .Mariazinha pôs-se a catar novamente o mato que crescia junto ao canteiro de alfaces. — Mas eu não quero que a senhora fique resfriada. Não quero que fique doente. A senhora sabe...

— Eu sei, Mariazinha, eu sei— .Abaixei, tentando ajudá-la naquele trabalho ingrato, mas era inútil. Minhas pernas não funcionavam tão bem, e meus olhos, àquela altura da tarde, viam muito pouco. — Sinto muito que tenha que fazer tudo sozinha por aqui...

— Eu não sinto muito, dou conta —. Ela limpou o suor da testa. — Dou conta. Ainda mais... como eu seria ingrata a ponto de não dar conta?... Minha menina a senhora criou, deu comida, teto, tudo...

Ela parou, ficou imóvel de repente, e eu pensei ter ouvido um suspiro.

— Já passou, Mariazinha.

Tarde demais. Lembrança é assim. Quando escapole, difícil apanhar rápido e botar de volta na gaiola. Ela começara a chorar com aquelas reminiscências, e agora demoraria a parar. A trova que eu fizera por ocasião do casamento de uma moça de Guimarães veio como flecha no meu pensamento:

Rosinha querida
Tens muita amizade
Rosinha querida
Tu deixas saudade.

Balancei a cabeça, sacudindo aquela poeira velha que cobria de névoa misteriosa a lembrança da noiva em seu vestido tão branco e tão fantasmagórico:

— Olha...o passado deve ser deixado pra trás, minha amiga...

— Senhora...como eu vou esquecer?...como...a senhora faz para esquecer?...

— Não sei —. Respondi, olhando o sol que se punha com todo o seu aspecto escandaloso daquela época do ano. Estava quente. — Simplesmente, não sei.

Era mentira. Mas era uma mentira benevolente, como a maioria das mentiras. E Mariazinha estava mais velha que eu, e andava muito chorosa.

Ela enxugou os olhos e continuou cavucando a terra. Estava tarde pra fazer aquilo. Reclamei, pedi que voltássemos.

— Amanhã, a senhora vai ficar quietinha lá dentro. Vou à minha casa e volto...

— O que tem pra fazer lá?

— Ah, senhora, há muitos dias não vou. Tenho que ir... dar uma olhadinha.

— Entendo —.Mas eu não entendia. Não queria que ela fosse. Outra mentira benevolente. Só mais uma, não faria a menor diferença. — Eu fico aqui quietinha. A senhora deixa tudo preparado de manhã, não tem problema.

Caminhamos juntas, ela calada como pedra. Eu sabia que

estava pensando na Rosa. Na outra Rosa, na nossa. Tentei remediar, mas acabei cometendo outro crime:

— Sabe, Mariazinha, este mundo está velho. Velho como nós duas. Há dias...em que não me aguento. Penso se não seria prudente buscarmos outra ajudante mais jovem...

— A senhora vai muito bem obrigada! E eu também. Só minha bacia... dói... além da conta!... Com o resto, lido bem. A senhora não tem que achar isso não, de estarmos velhas. A senhora acaso acha que não estou mais prestando para o serviço aqui não?... Só porque falei que vou pra casa amanhã...

— Mariazinha, pelo amor de Deus, nada disso. Não falei isso.

— Falou sim, senhora.

— Não foi o que eu quis dizer.

— A senhora tem mania de não falar o que quer dizer. Já reparei.

Calei-me. Mariazinha sabia ser insuportável quando queria, mas também era minha única opção àquela altura. Tinha que lidar com ela.

— Olha... vamos deixar essas histórias de velhice de lado. Não faz muita diferença. No fim, é sempre tudo igual...

— Não para os ricos lá de Alcântara e São Luís, dona Firmina. Está pensando neles, não está?... Sei quando a senhora fica assim, estranha, com essa cara. Hoje, eu vi esses ricos bem nos seus olhos uma dúzia de vezes. Era melhor esquecê-los...

— Tanto quanto esquecer Rosa...

Falei, e percebi o erro tarde demais. Minha rabugice às vezes esbarrava na dela, eu sabia. Acontecia cada vez com maior frequência, e eu não conseguia impedir. Os olhos cansados da pobre negra se encheram rapidamente, e vi que estavam prestes a transbordar.

Arrependi-me sinceramente. O sol se punha e chegávamos ao alpendre.

— Olha, Mariazinha. Sinto muito. Eu não devia ter...

— Não, deixa. Gosto de me lembrar dela, pra nunca esquecer. Mas vou me lembrar dela assim, quando ela era menina e morava com a senhora, forte, bonita, de vestido de chita...

— Entrei com certa dificuldade na casa e percebi que ela já estava completamente nas sombras. Mariazinha se pôs a acender os lampiões e as lamparinas, e eu me aconcheguei em minha cadeira, cobrindo as pernas com uma mantinha.

—Em um minuto eu trago o seu jantar, dona Firmina. Espere aí sentadinha...ah...não...não se levante. Deixa que eu arrumo esse xale e essa mantinha. Pronto. Aí está. Quentinha. Depois, vem gripe e não sabe...

— Olha, Mariazinha, não carece de tanto cuidado. Nem as gripes querem uma velha tão velha assim.

A negra riu-se agora, exibindo a boca sem dentes. Mexeu-se de um lado para outro, fechando janelas, arrumando o jantar, esquentando água. Fazia tudo com destreza impressionante para a idade avançada. Cantarolou alguma coisa enquanto me servia, e em seguida desapareceu porta adentro, a cuidar de outras coisas. Comi sozinha, como sempre. Ela tem os próprios horários, gosta de fazer tudo quando lhe dá na telha. Eu estava a ponto de cochilar na cadeira quando a vi trazendo um chá, toda faceira, o rosto muito preto parecia brilhar agora, renovado pela iluminação das lamparinas.Ela percebeu o meu espanto.

— Que foi, dona Firmina?... Viu fantasma?

— Vai ver, estou vendo... quase dormi aqui. Você parece feliz.

— Estou me lembrando da Rosa — ela me entregou o chá.

—Deve estar bonita agora.

— Lembrar é uma coisa que faz doer, Mariazinha. Não devia cultivar isso.

— Não dá pra evitar, dona Firmina. Melhor que posso fazer é conviver com isso. Um dia, ela vai voltar. Tenho fé no Criador.

— Sei. Também tenho. Mas ando meio sem paciência de esperar o tempo do Criador, que anda muito demorado para tudo.

— Cruzes, dona Firmina! Deixa o padre Teodoro chegar aqui, que falo com ele que a senhora anda é blasfemando.

— Ah, fala, fala nada—eu comecei a rir, e ela acabou me acompanhando. A imagem engraçada do padre jovem de Guimarães povoou nossas mentes, e compartilhamos algumas gargalhadas. —Eu só não quero é esperar fantasma voltar de túmulo, Mariazinha. —Baixei o tom de voz. — Se é que você me entende. Deixa os mortos sossegados.

— Eu sei... eu sei...

Sorri e fui dormir, Mariazinha me ajudando a me acomodar e resolvendo todas as coisas, como sempre. Adormeci em poucos minutos, e acho que sonhei com a Rosa.

***

As reuniões do Clube dos Mortos eram muito mais divertidas do que foi aquela reunião idiota na livraria Universal, naquela tarde do dia 09 de abril de 1875. Mas um dos maiores idealistas do Clube, que passaria depois a se chamar Centro Artístico Abolicionista, estava fora, em outra de suas misteriosas empreitadas, talvez escoando escravos fugidos para o Ceará; então, o que havia em São

Luís naqueles dias eram as reuniões da Sociedade Manumissora. Essas podiam até ocorrer em um local público e simpático como aquele, até porque o dono da livraria Universal era simpatizante da Causa. Entretanto, assim que cheguei ao estabelecimento, encontrei apenas dois senhores, um deles em companhia de sua esposa. Estranhei o fato; eu estava atrasada e havia pensado que reconheceria muitos nomes importantes.

Um dos dois únicos presentes era o Dr. Tolentino Augusto Miranda, o fundador da Sociedade, conhecido de todos e adorado até por alguns membros do Partido Conservador, embora com ressalvas, o que era apenas mais um dos paradoxos de São Luís. Ele me reconheceu de uma agremiação que eu e sua esposa frequentávamos, e me saudou com entusiasmo exagerado. Sua esposa parecia desconfortável em um vestido de musselina azul muito claro e um tanto espalhafatoso. O outro que conversava com o casal era Francisco Brandão, amigo da família Abranches, de onde depois sairia o maior líder do Centro Artístico Abolicionista, o Dunshee Abranches, que nessa época tinha apenas oito anos.

— A senhora anda muito sumida nos últimos tempos. Outro dia, comentamos em casa: "Há quanto tempo não temos o prazer de ler uma publicação de dona Maria Firmina dos Reis, professora de Guimarães!"

— O senhor é sempre muito gentil — eu respondi ao gracejo, com alegre sinceridade. O Dr. Tolentino sempre fora amigo da minha tia de São Luís, e a ajudara inclusive a comprar aquela casa onde eu passara parte da infância.

— Mas como vai, professora? — Veio para a nossa reunião?...
Levantei os ombros:

— Vim porque tinha de vir aqui, de qualquer jeito. Ando

precisando comprar uns volumes novos para nossa escola. Mas também fiquei sabendo da reunião, claro, ... e realmente me interessou...

— Pois será muito bem-vinda. — Precisamos de pessoas de bem nessa luta, que não é fácil... que bom...que bom mesmo que tenha vindo.

O Pedro Nunes Leal, dono do estabelecimento, herdeiro de um grande engenho de açúcar em uma das margens do Itapecuru, surgiu detrás do balcão com toda a sua frieza polida.

— Senhora, sinta-se à vontade, por favor. Se vai participar da reunião, as outras já estão lá em cima, fique à vontade. Eu irei em breve, agora não posso sair daqui.

Minhas mãos começaram a suar. O terror do arrependimento de ter ido ali naquela tarde tomou conta dos meus ossos, que começaram a tremer timidamente. Aquele era um dia ruim, desde a manhã.

— Oh...quem sabe...vou ver aqui uns volumes com o senhor...e depois... tenho que ir... de volta para casa...

Quanta ilusão. O Dr. Tolentino não me deixaria sair daquela situação tão facilmente.

— A senhora veio para a reunião!... É um absurdo não ficar... Eu insisto. Insistimos. Não é, minha querida dona Miranda?

A senhora em musselina azul-clara sorriu muito simpática para mim, e eu acho que tentei sorrir de volta, mas àquela altura também já penso que queria chorar ou sair correndo, o que não ficaria bem para uma senhora de cinquenta anos, então suspirei levemente, ainda tentando maquinar uma estratégia de fuga eficiente.

Dona Miranda começou a comentar o episódio da manhã, sobre sua comoção com a pobre escrava embarcada às lágrimas, sobre o choro da mãe, sobre os gritos da filha no convés, e chegou finalmente aos membros do Partido Conservador, começando por Heráclito Graça, comentando como fora inconveniente sua crítica à comoção do povo, que ela ainda sentia vontade de chorar se pensasse no assunto, oh, por que fora comentar, estava quase às lágrimas. O marido a consolou, como esperado, ajudando-a a se recompor, e sugeriu mais uma vez que subíssemos sem mais delongas, que iria em breve, mas que queria ainda falar com o Brandão, que andava ali mergulhado em um volume e esquecido da Causa a que tinham vindo todos.

— As senhoras podem subir...enquanto esperamos pelos outros...o que me diz, Brandão? Preciso lhe falar sobre esses abutres. O Aranha... não me engana aquele Aranha...

Francisco Brandão havia recentemente voltado de Bruxelas, onde estudara Ciências Naturais, e, desde a publicação de um artigo intitulado "A escravatura no Brasil", havia uns dez anos, caíra em desgraça junto à sua família. Seu irmão rompera definitivamente com ele por meio de uma carta que acabou depois se tornando coisa pública, quando o Francisco, indignado, fez questão de tirá-la do bolso e ler todo o seu conteúdo em uma bela manhã de sol, em uma das reuniões da Sociedade Manumissora. A tal carta cheia de ódio fazia referência ao seu artigo publicado em 1865, que tanto prazer causara em senhores como Antônio Henriques Leal, José Francisco de Viveiros e Victor Lobato. Mas acarretou a separação definitiva entre os irmãos da família Brandão, e muita fofoca na província. Quem haveria de se esquecer daquelas palavras duríssimas, lidas com a maior serenidade na casa do Dr. Tolentino?

Lamento, assim como meus pais, que o primeiro trabalho que publicaste tenha tido por objetivo granjear-te grande número de inimigos logo no início de tua carreira, e que os enormes sacrifícios feitos por nosso Pai para a tua educação, queiras pagá-los com a ruína da fortuna dele, lançando à miséria a sua família. Que satisfação seria a nossa ver-te estudar para te tornares depois o apoio de nossa família e dar-nos o prazer de ver nosso Pai fazer brilhante figura no país: mas com a leitura de teu trabalho, todas essas belas esperanças se esboroaram, e hoje não vemos em ti mais do que um homem que, achando-se na situação de viver à custa dos seus estudos, nem ao menos olha para a família e atira-a à miséria, contanto que o seu nome apareça como reformador do Brasil!!!... Não podias escolher mais detestável assunto – esta é a opinião até mesmo de teus amigos. Havia tantas coisas belas que podiam servir-te de motivo para exibir os teus talentos: mas, tal é a nossa desgraça, havias de escolher o que havia de pior pra escrever e hoje és tido como um louco, um utopista! – Sinto, o mais possível, a celeuma que aqui se levanta contra ti: teu trabalho foi condenado por todo mundo e deves lembrar-te de teu Pai, de tua Mãe e de tuas irmãs, que perderão a mais bela porção de sua fortuna, e não deves ser um ingrato e egoísta, porquanto podes viver do teu trabalho, enquanto nós não o podemos senão através dos nossos escravos, e se eu viesse a perder a minha fortuna, diria: Meu irmão lançou-me à miséria.

A infinita tristeza do irmão havia sido causada pela proposição descarada de Francisco Brandão no tal artigo, que consistia em um método gradual e seguro para acabar com o elemento servil no Brasil. Brandão propunha aos fazendeiros o pagamento de salários a seus escravos até que estes juntassem mês após mês a quantia referente a seu próprio preço, e aí seriam alforriados. O método foi muito aplaudido e muito odiado ao mesmo tempo na Província, às vezes, inclusive, pelas mesmas pessoas, que não conseguiam se decidir sobre a melhor solução para um problema que se arrastava e nos envergonhava perante todos os países civilizados do mundo.

Aquela vergonha era maior que o problema em si mesmo, e não sabíamos como nos livraríamos dela sem fazermos sangrarem as grandes fortunas, o que seria uma pena, em todo o caso. Daí a falação, o conflito, o impasse.

A carta do irmão de Francisco Brandão expunha, de qualquer forma, a desgraça de tantas famílias brancas dos engenhos e algodoais da província do Maranhão e de outras terras do Brasil. Os pobres senhores de engenho teriam perdas irreparáveis. Haviam investido. Haviam comprado os escravos, eles eram sua propriedade. Como podiam os liberais defender a abolição em detrimento da propriedade privada?... Parecia uma equação impossível de ser resolvida. E o algodão, quem o colheria? Quem cortaria a cana, quando chegasse a hora? A economia do país era coisa séria, e não brinquedo de humanistas radicais e utopistas. Então agora deixariam o país quebrar com a libertação de escravos?

E havia mais perguntas embaraçosas, que não encontravam respostas fáceis... quem faria a comida, arrumaria as camas, jogaria o despejo no mar? Certos serviços cabiam aos negros. Falavam agora muito sobre o trabalho de imigrantes brancos, mas sabíamos todos de nossas verdades, e uma delas era o fato de ser o negro resistente e bom para o trabalho na lavoura. O resto era hipótese. Fazer pessoas de bem, que haviam comprado honestamente sua propriedade, pagar novamente por ela até que ela se visse livre de seu dono por lei era um impropério dos mais graves.

Olhei o Brandão e fiquei pensando no quanto lhe custara a sua proposta de emancipação gradual. Ele não havia me visto, estava distraído com um livro nas mãos e mal me conhecia, a não ser por encontros rápidos em algumas reuniões da Sociedade. Poucos anos atrás, na ocasião da fundação oficial da Sociedade, acontecera uma solenidade de entrega de cartas de alforria a alguns cativos, e havíamos sido apresentados. Naturalmente, eu me lembrava do Francisco Brandão. Ao olhá-lo debruçado sobre o livro, lembrei-me de que o vira discursando ao lado do Dr. Tolentino e do então presidente da província, quanta ironia, o Dr. Augusto Olímpio Gomes de Castro.

O evento foi, na época, notícia em muitos jornais, "a liberdade aos primeiros cativos era apenas o prólogo do que estaria por vir", proferira o Brandão, e a província comentou de muitos lados, de muitos ângulos, e o assunto cresceu e abafou outros menores, como a continuada separação de famílias escravas, apesar da lei de 1871.

Houve dança e batuque no Canto-Pequeno, na Rua Formosa, lugar em que ficavam normalmente os negros com sua cantoria, e, nesse dia, nem a diligência, que tinha por obrigação tornar São Luís uma cidade civilizada e livre daquela gritaria selvagem de pretos, censurou-lhes a algazarra. E a solenidade toda se passou assim, plácida e inteira diante do Dr. Augusto, que soube ouvir tudo polidamente. Ser presidente da província trazia algumas obrigações sociais incômodas, embora suportáveis.

Francisco Brandão me cumprimentou então de forma discreta, tentando se lembrar provavelmente de onde me conhecia. Ou talvez me olhasse com cuidado agora apenas por curiosidade, para precisar a cor da minha pele. Acontecia, às vezes. Não. Acontecia quase sempre. Sempre, Sempre. Deixava de acontecer depois de três encontros com a mesma pessoa, de três conversas com a mesma pessoa, nas primeiras vezes era assim com qualquer pessoa, e desde criança foi sempre assim, e eu nunca me acostumei a ser examinada com aquele olhar desconfiado. Mas sempre tive paciência, sempre fui benevolente. Baixava os olhos em algumas vezes, desviava para um ponto no infinito o meu olhar em outras situações. Dependia da ocasião, do meu humor, não sei. Nesse dia, olhei para o infinito enquanto sabia que ele me examinava. Com paciência, esperei que terminasse.

— Senhora...me desculpe. Esqueci-me...

— Sou Maria Firmina dos Reis, muito prazer, senhor Francisco Brandão.

— O prazer é todo meu. A senhora... é aquela prima do Sotero dos Reis...

— Sim, sou a própria. Mas tenho ficado mais em Guimarães do que aqui, na cidade.

— Que interessante — ele voltou-se ao livro, naturalmente não havia nada de interessante no que eu lhe falara.

O senhor Brandão costumava ser um idealista inflamado, mas ali, naquele canto, parecia tão absorto na leitura do livro, que mal ouvira o Dr. Miranda, que o chamou mais duas vezes até que ele finalmente depositasse o livro de volta na estante.

— Excelente esse Herculano! Eu podia passar o dia lendo os seus escritos...

— Ora, ora... — o dono da Universal, Pedro Nunes, apareceu ao nosso lado. — Quero lhe lembrar que há uma diferença entre livraria e biblioteca, meu caro Brandão. O senhor podia me comprar um desta vez, pra variar.

Todos rimos um pouco, e a suntuosa dona Miranda aproximou-se de mim.

— Vamos deixar esses senhores de lado, minha boa Firmina. Que tal subirmos? — Ela foi logo me dando o braço. — O Pedro Nunes aqui nos disse que as senhoras já estão lá em cima.

Ela tinha uns olhos verdes expressivos, a pele muito clara e os cabelos castanhos arrumados de um jeito elegante. Reparei novamente em seu vestido e decidi que o azul, de fato, lhe caía bem, e me despedi dos senhores presentes com um sorriso, seguindo sem protestar para a casa do Pedro Nunes, que ficava no andar de cima. Mas não havia esperado por essa. Em minha distração, havia concebido a ideia da tal reunião ali mesmo, na livraria. Confesso que me senti envergonhada, levemente constrangida, ao subir assim naquele sobrado. Queria voltar, dar uma desculpa qualquer e ir-me embora ficar com a prima Amelinha ou com minha tia Lucinda em sua casa. Se ao menos uma das duas estivesse ali, não seria, aliás, tudo tão constrangedor. Entretanto, pensava em Amelinha e na tia Lucinda por pensar. Àquela altura, eu já havia perdido qualquer fio de esperança de uma fuga.

Quando eu era jovem e bonita, tentei aprender a pintar, como as moças geralmente fazem. Não tive muito sucesso. Meus retratos eram monstruosos, minhas paisagens, descuidadas. Talvez, eu não tenha aprendido corretamente as nuances do sombreado, da aquarela, pode ser que tenha me faltado incentivo ou oportunidade. É o que dizem quando algo sai errado. Enfim. Vai ver, nunca tive talento mesmo para o pincel. Mas aquela tarde foi uma iluminação na minha percepção das cores do mundo e das possíveis representações delas em toda a sua ambiguidade aterradora. Depois daquele alegre encontro de abolicionistas e emancipacionistas no sobrado do Pedro Nunes, lembro-me muitas vezes de ter me surpreendido a pensar longas horas dos meus dias sobre o tema, sem, no entanto, nunca ter chegado perto de qualquer conclusão. A indecisão é um carrasco que prefere ver a vítima agonizante a vê-la morta.

Penso em descrever a reunião e os pormenores das discussões que por lá se passaram naquela tarde, mas penso quase instantaneamente na necessidade de recuar outros muitos anos a um tempo em que as coisas estivessem menos confusas e mais definidas, e não sei se ainda tenho disposição para contar os eventos desse dia 09 de abril. Tenho mais dias para descrever; há os grandes eventos que não podem deixar de ser contemplados, as notícias de jornal, a repercussão das notícias da Corte, e não posso me prender a detalhes.

O que se seguiu ao dia 09, de qualquer forma, foi cansativo, aborrecedor. Depois de uma semana em bibliotecas, livrarias, saraus e eventos em São Luís, voltei a Guimarães e ao meu trabalho.

Eu precisava de uma pausa de tudo aquilo, mas não haveria pausa possível. A casa da minha tia Henriqueta, em Guimarães, encontrava-se em perfeita ordem, ela própria ainda saía para todo o tipo de eventos nessa época. Retomei minha vida de sempre, meus versos acusados de melancolia, as aulas na escola, as visitas cordiais. Era fácil voltar à rotina, nunca tive, aliás, problemas com ela.

E, num dia qualquer, em que eu me preparava para encerrar uma aula, percebi uma aglomeração estranha do lado de fora e abri a porta. Todos estavam em polvorosa, porque o Dr. Augusto Olímpio Gomes de Castro, homem sempre metido na política, lá estava, em pessoa, no pátio da nossa humilde escola. Fingi que aquele era um fato que ocorria todos os dias e saí na maior calma, para dar também as boas-vindas a um dos principais benfeitores da escola. Mas ele já chegava até mim, tomou-me a mão com galanteria e cerimônia, sorrindo com o rosto todo. Iluminado.

— Dr. Augusto Gomes de Castro, quanta honra nossa escola recebe.

— Este é o local de ensino mais bem cuidado de toda a província, minha cara senhora. A honra é toda minha, deste seu humilde servo.

Tentei me conter em meu entusiasmo confuso, outros se

aproximavam, aquele homem nunca vinha sozinho. Assim, aos poucos, vislumbrei ao lado dele João Candido de Moraes Rego Junior e Heráclito Graça, obviamente. Vinham desacompanhados das senhoras esposas, mas aquilo era uma visita oficial. Pensei se Heráclito Graça escreveria mais um de seus artigos laudatórios do Partido Conservador no *Semanário Maranhense*, e me arrependi de meu entusiasmo involuntário diante do Sr. Gomes de Castro. Um raio de fúria cresceu em meu rosto, e devo ter mudado de cor, porque o Sr. Augusto riu-se muito agora e ofereceu-me o braço, a mim, uma professorinha de Guimarães, para atravessarmos juntos a vila em direção à aglomeração, que já em frente à Capela de São José se formava. As pessoas se ajuntavam em torno dos senhores doutores, e aconteceu então o que eu temia. Ele soltou o meu braço, imponente, e proferiu um discurso dos piores possíveis contra a abolição e os abusos abolicionistas, que andavam condenando toda a gente do Maranhão e do Brasil às garras da violência e do medo.

    Enquanto o ouvíamos, pensei sinceramente em dar-lhe as costas e ir-me embora para a casa da minha tia Henriqueta, onde morava por tantos anos. Mas não pude me mexer. Eu ficara hipnotizada por aquelas palavras, odiando cada uma delas, obviamente, mas também curiosa pelo fim daquele discurso, talvez o céu se compadecesse e caísse sobre nossas cabeças afinal naquela tarde, e tudo estaria resolvido.

    O céu foi implacável, porém, paciente. Esperou as últimas palavras do deputado provincial para enfim desabar, em água e nada mais. A multidão se despediu e aos poucos se dispersou, muitos favores foram pedidos, promessas foram feitas, mãos se apertaram, o Dr. Augusto e os outros excelentes senhores doutores entraram no carro puxado pelos cavalos e sumiram na direção do Engenho de Santo Antônio, que ficava a poucos quilômetros daquela praça. Fui deixada ali, sem nenhuma despedida, nenhum aceno especial, nenhum olhar. Cheguei em casa encharcada e furiosa.

É estranho como o barulho da madeira estalando no fogo acalenta a alma da gente. Sempre achei isso. Hoje, penso nesse efeito regenerador quando sinto o calor me embalando aqui em casa, ao lado da Mariazinha, minha boa e fiel ajudante. Ela murmura alguma coisa enquanto tece uns fios, e eu descanso na minha cadeira de balanço. Estou assim, entre o sono e a vigília, e as sombras que a fogueira dela faz nas minhas paredes encantam o mundo e colorem minhas vistas quase cegas a esta hora da noite. Talvez ela esteja certa e eu deva me mudar para a sua casa, vou pensar nisso amanhã, eu disse a ela, prometi pensar, como de outras vezes. Ela insistiu muito, e eu a deixei acender essa fogueira aqui na cozinha, e cá estamos nós, duas velhas no adiantado do mundo deixando o fogo nos amolecer os ossos, e as sombras confundirem nossos sentidos. Ela muda a voz, para de murmurar, fala palavras estranhas que me embalam a alma, e recomeça outro canto, que me traz uma saudade de alguma coisa que não sei. Essa nova melodia que escuto tem a idade do mundo, e me arranca um pouco do cansaço e do peso dos meus joelhos. As sombras dançam no ritmo doce e grave da sua voz. Amanhã. Amanhã vou me mudar para sua casa, minha amiga.

****

Capítulo 3

— Então a senhora pegou aquela chuvarada ontem?!... que horror. Resfriado é quase uma certeza nesses casos.

Fiquei olhando o excelente Dr. Augusto, sem ter exatamente uma reposta. O que ele esperava?

— Eu estava lá, como toda a gente. Todos se molharam. Inevitável.

— Muitos se abrigaram antes que a chuva de fato despencasse, minha boa senhora. Não. A senhora foi imprudente.

Eu não queria, não planejara. Já havia se passado muito tempo desde nossa última discussão. Mas estávamos sozinhos ali, sentados nas poltronas da sala da casa da tia Henriqueta, e eu não podia mais me conter.

— Imprudente foi seu discurso, senhor. Muito imprudente. Ele riu-se. Levantei os olhos e o encarei, e vi o mesmo moço de outros tempos, e meu coração de senhora de meia-idade infelizmente bateu descompassado. Que pena, pensei. Que pena.

— A senhora achou?... pois bem. Que maravilha! — o deputado esticou os pés. — Se a senhora achou imprudente, meu discurso foi dos mais apropriados. Estou satisfeito!

— O senhor se contenta com pouco... — eu nunca me acostumei a poupá-lo. Não seria desta vez. — Ainda não entendi seus reais propósitos aqui na Vila de Guimarães. Quer se eleger de novo? Vai conseguir, de todo jeito — dei de ombros. — O senhor sempre consegue...

— Sim! — ele se pôs de pé e deu voltas na sala, que era pequena. — Eu quero. E já recebi as indicações.

— Hum — cruzei os braços. — Como vão seus filhos, sua esposa?

— Bem. Todos bem, obrigado.

— O algodoal...

— Excelente. O Engenho: excelente. Tudo na santa paz.

— Quantas mentiras — soltei duas gargalhadas malvadas.

— Que coisa mais feia.

Ele parou de andar pela sala, riu-se, foi até minha poltrona, sentou-se ao meu lado, tomou minhas mãos nas suas.

— Firmina. Estou com saudades.

— Mais uma para a sua coleção de mentiras — arranquei as mãos, com extremo pesar. — Senhor, comporte-se.

— Comporto-me. Comporto-me!...Vamos ao Engenho amanhã.

— Quem disse isso? — eu me levantei, e ele fez o mesmo.

— Eu digo, Firmina. Vamos comigo. Uma visita rápida, uma volta pela casa. Estou abandonado.

— Não me pareceu abandonado ontem. Não mesmo! Quanta gente pomposa... quantos amigos importantes de Alcântara!

— E adoraram a ideia da escola, de chamarmos os alunos e os professores...

— Ah, isso. Não pense que lhe perdoei — dei-lhe as costas.

— Sei muito bem. O senhor me usou de uma forma terrível. Aliás, o senhor tem me usado para os seus propósitos há tantos anos... que já perdi as contas.

Virei-me e o olhei nos olhos. Eu estava magoada, arrependida, triste. Como sempre, esse era o efeito daquela droga portentosa sobre mim.

— Firmina, veja bem...

— Não quero ver nada. Eu li... tenho lido uns artigos. Li outro dia em um dos periódicos... sobre amantes. Os homens usam as amantes e elas são criaturas perversas e pervertidas por eles. Estava escrito tudo isso naquele jornal. Elas destroem os lares, elas são diabólicas, elas são como bruxas. Eles as detestam, mas se utilizam delas quando precisam, embora não as amem. Nunca, nunca. Eles pensam delas as piores coisas do mundo.

— Firmina... — ele se aproximou e olhou em meus olhos. Eu estava perdida. —Releve o que leu... Só lhe quero bem...

Senti as mãos dele em meu rosto, e depois tenho certeza de que ele me beijou. Só então acho que percebi o quanto meu corpo sentia a falta dele. A próxima coisa que vi foi seu terno jogado ao longe, e a saia do meu vestido verde aberta no chão, como grande repolho maduro acolhendo em seu miolo misterioso as calças do senhor de engenho.

Despertei de um sono perturbado naquela noite. Caía uma chuva impiedosa novamente, e o barulho da água nas poças de lama lá fora me fazia sonhar com o mar povoado de navios e com navios entulhados de crianças, e com o convés de um navio cheio dos gritos da mulata que havia sido levada de sua mãe à força. Acordei ensopada de suor, ofegante, e não pude dormir mais. Minha tia estava dormindo profundamente, e eu não queria acordar ninguém, então tentei rezar um pouco, mas senti culpa, porque eu tinha cometido um pecado excelente à tarde, do qual não me arrependera, então pus o terço de lado e pedi a Deus que não me levasse tão cedo, que me desse um tempo ainda para que eu me arrependesse de meus malfeitos nesta terra, e aquela foi uma oração muito sincera. Senti meu rosto arder, e talvez o meu estimado Augusto estivesse certo, e eu havia ficado com o maior dos resfriados; por que aquele homem tinha que estar certo às vezes? Isso era irritante.

Virei-me mais de dez vezes na cama, e o senhor de engenho começou a me assombrar. Os olhos castanhos, o rosto branco, o cabelo liso e fino caído na testa, a barba aparada com tanto cuidado, o cheiro amadeirado de sempre, as mãos grossas e os dedos compridos e muito brancos, meu Deus, tenha piedade de mim, que sou pecadora. Seus presentes eram poucos, pontuais, mas maravilhosos. O livro de Alexandre Dumas, o livro de Percy Shelley com aquela excelente poesia do eu poético à beira da praia, estendido, quase morrendo, moribundo. A senhora devia publicar logo um livro de poesias. Sim, é o que farei, farei meus Cantos à beira-mar, enviarei aos jornais. E eu enviara. E agora ele tinha o livro. Mas esses poemas seus, eu adoro, mas são muito melancólicos. Sim, melancolia é o que não tem me faltado nos últimos anos. Escreva outro livro de poemas. Versos alegres, pra variar. Posso fazer isso. Mas continuarei sendo sua amante, uma mulata com estudos, uma coisa estranha, embora tão comum e sem lugar neste mundo, sem pai, com uma mãe mulata e uma tia branca, uma prima sinhazinha e uma irmã mulatinha, e sempre fora e dentro de todos os saraus e de todos os eventos e de todas as senzalas. Não. Não vou publicar esse livro, não. Vou esperar. Estou melancólica e quero esperar pra ver se faço algo novo, mais pontual, as pessoas precisam entender as prioridades deste país...

Acordei muito tarde, com o sol batendo em meu rosto. Após

a higiene, vesti meu melhor vestido de musselina marfim e fiz o desjejum ao lado da minha tia, que nessa época contava sessenta anos. Conversamos amenidades e fiquei esperando por algum sinal, até que ouvi um tropel de cavalo na frente da casa. Esperei na sala de jantar, tímida, enquanto minha tia o recebia na maior das inocências.

Saí, ao ouvir meu nome proferido, o chapéu novo comprado na loja do Freitas já na mão pronto para ser colocado sobre o penteado que eu fizera com tanto esmero.

— Ora, vejam. Dona Firmina, como vai?...O Sr. Augusto Olímpio Gomes de Castro enviou-me com a carruagem, senhora. Disse que a senhora passaria o dia lá no Engenho Santo Antônio...

— Sim, verdade. Imagine que este importante senhor quer discutir minhas ideias para a educação em nossa província. —. Minha tia Henriqueta sorriu, e eu me senti péssima. Continuei.

— Devo voltar à noitinha.

Na mesma hora, passaram umas moças e uns rapazes em bando pela porta, e vieram me saudar alegremente. Acenei, rindo dos gracejos que eles me faziam. Aquele seria um dia muito feliz.

Augusto sabia como agradar a uma mulher. Ele nunca errara em detalhes mínimos. Absolutamente tudo era perfeito quando se tratava dos nossos encontros. O único defeito sempre fora a falta de frequência daqueles encontros, fortuitos demais, cada vez mais raros. E proibidos, pecaminosos. Eu esperava ardentemente que ao menos o Purgatório estivesse reservado para mim, e que Deus me livrasse do Inferno. Sim, porque eu poderia até merecer o Inferno caso estivesse tirando maior proveito daquilo tudo, o que não acontecia de fato. Era tudo sempre muito rápido, e, depois, uma longa ausência me massacrava, até consumir todos os meus impulsos e aniquilar as últimas brasas. Então, quando eu me convencia de que estava a salvo e livre dele, Augusto fazia outra aparição. E eu ia até ele. Despudoradamente, feliz, e sempre com ódio admirável.

Naquela manhã, a casa-grande do Engenho custou a aparecer entre as árvores. Talvez eu estivesse ansiosa, mas o fato é que a fazenda dele me pareceu maior. Passamos pelos escravos no eito, e eles levantaram o chapéu ao me ver passando, e disseram o "louvado seja Nosso Senhor Jesus Cristo". Respondi: "para sempre seja louvado", e fomos andando até que parei bem em frente à casa-grande com ódio de mim mesma, porque eu não podia crer que estava ali de novo como rato apanhado no canto, como bicho cercado, amarrado, levado, como cavalo, gado, como escrava de ganho.

Não. Eu não era rato nenhum em nenhuma armadilha, não era bicho, nem cavalo ou gado amarrado, nem escrava, nada disso. Eu ia ali com minha vontade inteira, meu corpo inteiro queria aquilo, e eu teria aquele homem mais um pouquinho. Não importava. Ele precisava de mim também, tanto quanto eu precisava daquela sujeira toda, para talvez enxergar melhor quando saíssemos os dois da penumbra. Entrei rapidamente pela porta, e um dos escravos de dentro me ajudou a encontrar o caminho até a sala, embora eu me lembrasse perfeitamente até da disposição dos móveis, do barulho do soalho firme, do papel de parede, das portas de madeira almofadadas, das maçanetas decoradas, das estátuas, da mesa enorme, da sala com a escrivaninha e os livros, do quarto dele.

Augusto me recebeu na sala de visitas com a maior honraria; serviram-me café, e fui com ele até a sala ao lado, onde nos sentamos nas cadeiras de encosto alto, e ele se pôs a me perguntar sobre cada detalhe da minha vida, desde a solenidade da Sociedade Manumissora, em 1871, último dia em que nos havíamos encontrado em São Luís, quatro anos atrás.

Ele quis ouvir cada minúcia da recepção do livro de poesia que eu publicara nos jornais, da escola de Guimarães, da saúde da minha tia Henriqueta e da minha mãe, da minha querida irmã Amália, das crianças que eu tinha criado, da minha tia Lucinda de São Luís, da prima Amelinha e dos saraus importantes, e me perguntava como se minha rotina fosse a coisa mais interessante do universo. Ele sabia como fazer essas coisas. E eu sabia falar de mim mesma.

— Mariazinha, você acha que existe o Céu lá... depois que a gente morre?...

— Fique quietinha, dona Firmina. Fique quietinha. A senhora anda muito estranha por esses dias. Olha. Reza aqui as contas do rosário, que o padre Teodoro sempre diz que tem muito efeito...

— Não consigo mais dizer essas orações, Mariazinha. Me conte uma história daquelas suas. Aquelas histórias acalmam a alma da gente.

Senti no silêncio que ela me olhava desconfiada. Depois, ouvi sua voz rouca e doce, de negra centenária.

— Uma vez, tinha uma negra que gostava de fazer bonecas com palha de milho. Ela fazia as bonecas, arrumava os cabelos lourinhos... E deixava secar. Então, o dono daquela fazenda, que gostava muito dessa negrinha e ficava com ela na rede, viu um dia a danada fazendo as bonecas com toda a habilidade. E esse dono era bom pra ela; então, chamou a negrinha no canto e falou que lhe daria umas boas moedas se ela lhe fizesse assim umas oito bonequinhas daquele tipo, mas muito bem-feitinhas, que ele ia distribuir pras sobrinhas do outro Engenho, que vinham naquela tarde. A negrinha foi, pegou palha bem clara, fez as bonequinhas do melhor jeito que pôde. E o dono deu as moedas pra ela, e deu também uns beijos. Mas a patroa, invejosa da negrinha, correu até onde ela tinha deixado as bonequinhas, pegou o embrulho e mergulhou todas elas na tina de tinta graúna, e elas ficaram assim bem pretinhas... depois, deixou lá, embrulhadas nas palhas, no sol. A negrinha, coitada, não viu. Estava ocupada com os doces para a criançada. Quando o senhor lhe pediu, foi ela correndo pegar o embrulho que tinha ficado secando no sol... já entrou na casa-grande chorosa, e o homem desconfiou. Tomou-lhe o embrulho das mãos e abriu, e lá estavam as bonequinhas... todas assim, meio marrons, manchadas. Os cabelinhos de palha de milho ficaram esquisitos, de uma cor indefinida. O dono levou um susto, a negrinha chorava sem parar, com muita vergonha daquelas bonecas estranhas. E a senhora dele apareceu na porta, a malvada, e falou bem alto e na frente dos convidados: "Viu? Ela só vai conseguir fazer bonecas marrons para o senhor, porque é preta como carvão. Mas o senhor prefere se deitar na rede porca dessa macaca a se deitar na nossa cama." Todos ficaram horrorizados, e o senhor mandou jogar no fogo as bonecas marrons.

Ela se calou.

— E o que aconteceu com a negrinha?... Mariazinha... conte...

— Com a negrinha não sei o que houve.

— Mariazinha, você não pode fazer isso. Não pode contar uma história e deixar um personagem assim, caído no esquecimento. Quero saber o que houve com ela, ora.

— Mas essa história não é de livro, não, senhora, e a tal negrinha existiu e sumiu da história. Ninguém me disse nada não, senhora, sobre ela. Não vou inventar, que não sou de mentiras.

— Não estou lhe pedindo pra inventar... mas... essa história é de verdade por acaso?

— É sim, senhora.

— E quem lhe contou, se é verdade?

— Ah, isso não sei. Uma negra velha. Não faz importância.

— Claro que tem importância, Mariazinha. Quero saber quem contou para saber o que houve com a tal negrinha.

— A senhora é uma teimosa. A história só foi até ali e acabou-se. Ninguém tem que ficar perguntando mais nada não.

Eu ri e suspirei, sentindo os joelhos latejarem. A mudança até a casa dela fora penosa e difícil, e eu sentia falta da casa da minha tia, a casa das minhas lembranças. Não devia ter me mudado.

— Quero minha casa, Mariazinha... quero demais...

— A senhora está muito melhor aqui. Não tem degraus, não tem perigos, não tem goteiras, não tem vidraça quebrada. Aqui estamos simples, mas está tudo inteiro. E a senhora está inteira...

De todas as mentiras, essa foi uma das piores que já tive que ouvir nesta vida. Mas não queria discutir com ela, simplesmente porque não valia a pena. Eu já passara longos anos da minha vida discutindo com inúmeras pessoas, e estava cansada.

— Brigue mais comigo. Vamos. Está muito calada hoje.

— Ah, cale-se, Augusto. Não sou a mesma de antes. Para algumas situações, não há remédio.

— Hum. Que coisa. Firmina, estou velho...

— Só o senhor?...Oh, me diga uma verdade agora. O senhor está lindo e vigoroso — eu sorri e virei-me na cama, e ele acariciou os meus cabelos crespos. Depois, pegou minha mão pequena nas suas mãos muito brancas.

— Veja bem. Não sou um monstro, como gostam de pintar seus amiguinhos.

— Não tenho amiguinhos, Augusto. Ando cada vez mais solitária.

— Está mentindo — ele riu-se. — Todos a querem bem em Guimarães. Muitos a adoram em São Luís. Porque... é a minha escritora!

Ergui-me, furiosa, como se eu tivesse sido picada por cobra peçonhenta. Era sempre assim.

— Veja bem, não sou escritora de ninguém. E preciso ir. Minha tia vai ficar me esperando.

— Não vá... Não tão rápido... vai chover.

— Posso até andar na chuva, caso o seu cavalo não possa se molhar — eu já estava vestida àquela altura. — Estou indo, Augusto.

— Pelo amor de Deus, que mulher. Pare — ele ergueu-se, pondo-se a vestir atrapalhadamente as calças. — Há uma dúzia de coisas que eu ainda quero conversar...

Suspirei, com raiva. Eu também queria conversar com ele. Mas aquela relação era ruim, pecaminosa, maravilhosamente estranha, e eu nunca sabia exatamente o que dizer, pensar e sentir. A tempestade despencou lá fora. Olhei pela janela, completamente desanimada.

— Vai dormir aqui, senhora... — ele me abraçou.

Suspirei, olhando em seus olhos castanhos tão bons para um passeio.

— Augusto, eu vou. Só por hoje. Mas teremos que mandar recado à minha tia. Na cabeça dela, sou uma criança.

— Sim!... — ele acabou de se vestir e segurou minha cintura — mandarei um negrinho.

— Que coisa. Só eu ou você adoecemos?... E seu negrinho?... Não vai sacrificar negro nenhum nessa chuva por minha causa!...
Ele soltou uma gargalhada ruidosa:
— Que maravilha. Tudo bem. Esperemos. Esperemos até que o Criador decida suspender as águas, e aí poderemos resolver a ansiedade da Tia Henriqueta.

Suspirei, fingindo estar furiosa. Eu estava apaixonada. Descemos as escadas. Sentei-me na sala de jantar ao lado dele e me preparei para o que viria. As mucamas começaram a nos servir com muita eficiência e agilidade, e qualquer movimento delas parecia parte de um balé ensaiado. Eu estava acostumada à cerimônia das pessoas de alta classe, mas o senhor Augusto, atual deputado geral na Corte, era muito de alta classe. Lembro-me daquele jantar e do gosto da sopa, da carne, das frutas da época. Os escravos da casa me olhavam com deferência, me respeitavam, eu havia sido professora de muita gente de Guimarães, eu estava ali em uma séria empreitada pelo bem da educação no país, que ninguém sabia o que significava, mas achava de extrema importância.

Quando acabamos o jantar, ele acendeu um charuto, pegou dois cálices de vinho do porto, e lá fomos para a saleta onde morava a escrivaninha, no reservado dos negócios. Augusto fechou a porta atrás de si e me acomodei ao lado dele no sofá, enlaçamos as mãos. Fiquei muito quieta por uns instantes, enquanto ele desempenhava sua atividade preferida quando estava comigo, além é claro da usual discussão com argumentos absurdos. Examinava meus dedos com uma minúcia vagarosa e beijava-me as mãos.

— Escute aqui, meu querido.

Ele não me olhou, esquecido na função de examinar cada linha de uma das minhas mãos, e as retirei levemente do domínio das suas, para que pudesse olhar em seus olhos. Ele finalmente levantou o olhar. Aquele olhar que nem parecia de um deputado do Partido Conservador. Mas era, sem parecer.

— Diga.

— O episódio há algumas semanas em São Luís foi horroroso. Ficou sabendo?... Ficou, com certeza. O Heráclito Graça estava lá... saiu no *Semanário Maranhense*... saiu em outros jornais também...

— Eu sei — ele suspirou. — Não quer minha opinião, decerto.

— Ao contrário, quero sim. Houve comoção até das senhoras pomposas. O que achou?

Ele arqueou as sobrancelhas e coçou a barba, então vi que estava envelhecendo, e estremeci. Em outros tempos, nem um minuto de ponderação haveria diante daquele assunto. Mas eu talvez estivesse enganada.

— Acho péssima a venda de nossos escravos para o Sul, se quer saber. Sou contra.

— Ah... e com certeza não é pela separação das famílias.

Ele deu de ombros.

— Eles arrumam outros laços rapidamente, Firmina. Aquela escrava... era jovem. Vai arrumar um belo escravo no Sul, e serão felizes para sempre.

— Que coisa linda. Ora, ponha-se no lugar dela...

— Não. É impossível. Como eu poderia estar no lugar dela sabendo que estou fazendo este papel?... Eu seria ela, sendo eu mesmo. E isso não resolve a questão...

Pressenti a próxima briga, e tomei outro gole do meu cálice.

— E o que resolve a questão?...

Ele me olhou, sorriu. Suspirou, depositando seu cálice vazio no aparador. Voltou a me olhar.

— Nunca vi o governo tão atrapalhado, minha querida. A Corte está uma bagunça. Estamos todos perdidos. Esta é a única verdade.

Engoli em seco, porque nunca o vira tão sensato, e pensei que este poderia ser o prenúncio de uma tragédia não anunciada. Alguns falavam em guerra civil. Outros lembravam a tragédia das famílias do Haiti, assassinadas covardemente pelos escravos revoltosos. A Balaiada havia sido uma experiência traumática demais para ser esquecida tão rapidamente.

— Nossa riqueza está acabando aqui na província. Como sobreviverá a economia se vendermos os escravos para o Sul?... Em nome da economia... — ele riu, encarando-me — eu salvaria aquela escrava de ter sido levada no navio.

Calei-me. Havia passado um pouco dos limites só pra me provocar talvez. Senti nos meus pés uma dormência incômoda, e bati os pés no chão para fazer aquela sensação sumir. Havia de existir um limite para as coisas. Ele não podia me provocar assim, com a desgraça alheia. E eu não podia gostar tanto daquela provocação.

— Augusto, sei que está me provocando. Não vai funcionar. Não ficarei tão brava desta vez. Ando me tornando uma senhora mansa, silenciosa, recolhida em mim mesma...

— Pode ser seu objetivo, mas não é a realidade — ele riu-se divertidamente, mas meus olhos foram talvez se povoando de fantasmas. Ele percebeu e tocou em meu ombro. Um toque suave, gentil. — Diga-me como pretende eliminar o problema do elemento servil de forma eficiente.

Suspirei. Pensei um pouco. Fiz uma careta.

— De uma só vez, de uma só tacada, com um só golpe. Com uma única lei que dissesse: Acabou. Quem quiser ter escravos, que fique querendo. Não pode mais. Estão todos livres a partir de hoje. Fim.

Ele arregalou os olhos e riu muito agora, ruidosamente, abraçando-me. Depois, ergueu-se, pondo-se a mexer em uns papéis.

— Firmina, a senhora causaria o caos no país...

— Não —. Levantei-me. — É o único jeito, e demora muito a acontecer. O senhor, como deputado e homem das leis, devia ter se indignado e quem sabe escrito uma nota sobre o episódio do cais em São Luís. Uma lei foi desrespeitada naquele dia. Não se podem mais separar famílias escravas. Por que não o fez?... Se não por uma causa humanitária, ao menos para proteger a lei de 1871...

— A mãe dela era forra... não houve, portanto, separação de família escrava, e essa lei toda é um absurdo total por si só. Quero só ver o que vamos ter neste país daqui a vinte anos. Eu sei o que teremos, e te direi — ele estava ao lado da estante de livros, e botou o dedo em riste na minha direção. — Teremos um bando de negros vadios que não aprenderam a trabalhar e que andarão aterrorizando as famílias de bem nos becos e nas ruelas de todas as cidades e em todas as estradas. Já estamos nessa trilha, minha querida, e vamos piorar se as coisas não tomarem outro rumo.

Soltei o ar contido nos meus pulmões. Fiquei de pé e poderia até bater nele naquele agora, mas os anos haviam controlado muito este meu ímpeto de outros tempos.

— Senhor deputado, acaba de prever o caos, como aliás fazem todos os do seu partido. Eu queria lhe lembrar que o caos já está instalado há muito tempo por aqui. Um país que prossegue com essa instituição podre e pré-histórica em tempos modernos é uma vergonha para o mundo inteiro. Estamos errados, que colhamos o fruto de nossos erros. Simplesmente... porque não é justo...

— Os seus amiguinhos de São Luís estão brincando com fogo. Estão alimentando o ódio dos negros contra os brancos. Eles criam essa história toda, e vou lhe dizer, estão dividindo o país, pondo uns contra os outros... — ele me encarou, terrível. — Meus escravos me respeitam e eu os respeito. Duvido que queiram sair daqui. Os de Alcântara também gostam de trabalhar no algodoal. E os da casa são como gente da família. Eles precisam de nós para guiá-los, minha Firmina, solte as rédeas e vai ver o cavalo solto pelo mato, desgovernado, perdido, como este país aliás se encontra. O que será dessa pobre gente, que você gosta tanto de defender, sem nossa proteção?

Suspirei, virei-me para a janela, olhei as poças de lama lá fora na tarde que anoitecera quase totalmente depois da chuva, e pensei que a vida podia ser um pouco mais simples, que aquela água esparramada na terra simplesmente sumiria, mas tínhamos nós que lidar com dificuldades que não sumiriam terra adentro e teimavam em se acumular em poças e em causar desastres. Escutei ao longe o burburinho da fazenda, os escravos que voltavam do eito, apertei os olhos, que nessa época eram bons, e tentei vê-los chegando com seus balaios, mas só consegui distinguir com precisão o contorno da senzala e os vultos de muitos corpos negros sem rosto. Devo ter ficado muito tempo tentando vê-los, porque me lembro de que a próxima coisa que senti foi uma das mãos do meu querido conservador me enlaçando o corpo, e tive saudades dos tempos cruéis em São Luís, de quando eu ainda não tinha certeza da violência doce do mundo.

— Firmina. Gosto de conversar com a senhora.

— Eu sei — virei-me de frente para meu querido deputado. — Eu sei disso. Mas veja bem... quando me calo em nossas discussões, não é porque concordei com o senhor. Eu nunca concordei com o senhor numa única conversa... nesses anos todos... Eu me calo porque não encontro solução diante de tantos problemas do mundo. Ele é grande, eu sou pequena. E os abolicionistas de fato me aborrecem.

— São uns imbecis...

— Não são. Mas também não concordo com eles em algumas teses. Para lhe dizer a verdade e muito francamente... não sei o que pensar. Aquele dia... aquele dia mesmo do cais, da mulata aos berros. Fiquei chateada com o artigo daquele idiota do Temístocles Aranha.

— Hum. Que interessante. Fale sobre isso.

Suspirei. Ele gostava do Aranha, marido da prima Amelinha. Temístocles era um jornalista meio abolicionista, meio conservador, dependendo da direção do vento. Ultimamente, era editor d*O País*, periódico entre os preferidos das famílias abastadas da província do Maranhão.

— Vou-lhe dizer outra coisa, meu caro Augusto: a hora já chegou, e este país vai mudar. Mas não espero que, no dia seguinte à emancipação, estaremos todos livres dos efeitos dessa instituição odiosa que é a escravidão.

— Belas palavras. A senhora podia ter entrado para a política. Não resisti.

— Poderia, uma pena eu ter nascido mulher e parda. Dois pecados sem perdão.

Augusto riu-se, puxou-me para junto dele. Ficamos enlaçados, ouvindo o burburinho dos escravos lá fora, e comecei a sentir vontade de sair logo do Engenho e voltar à minha casa. Mas estava escuro, e o caminho estava coberto de lama e poças.

— Pare com isso. Não é parda. Só morena, de uma cor mais fechada. Como tantos outros.

— Vai ver, você tem escravas por aqui da minha cor... quantas amantes você tem entre elas?...

— Não comece, Firmina, que coisa mais inconveniente. Está mais ácida que o normal, que já é acidez demais.

Saímos da sala, e o deputado deu ordens a um negro de dentro que fosse até a vila e à casa de minha tia, e que lhe dissesse que eu voltaria só no outro dia. Depois, chamou uma mucama e mandou que ela preparasse o quarto de visitas para mim.

Ela meneou a cabeça, com olhos arregalados, e fiquei pensando se aqueles escravos já andavam falando de mim pelos cantos. Se o burburinho existia, chegaria a Guimarães. Eu era a professora de meia-idade com uma imagem a zelar, mas nunca cheguei a me preocupar demasiadamente com o assunto. Todos sabiam que éramos antagonistas, e que o deputado respeitava minha família por causa de Sotero dos Reis, que tivera contato com meu pai, que eu fora professora de suas filhas. Além disso, Augusto era muito cauteloso em público e com os negros da casa. Nunca demos motivos para falação. Nossos encontros eram longas discussões políticas. Do resto, só nós dois sabíamos.

Eu não queria mal à dona Ana Rosa Viveiros, sua esposa. Sentia até sincera pena dela, que vivia reclusa demais naquele algodoal em Alcântara, enquanto o marido estava em seu mandato na Corte ou em seu cargo em São Luís ou em qualquer reunião política pela província afora. Ou no Engenho, comigo.

A Corte era distante, e o vapor custava a levar-lhe o marido naqueles anos em que ele era deputado geral. Imaginei a tristeza dela, os filhos crescidos já debandados, a escravaria toda dependendo de suas ordens frágeis, os agregados parentes que não lhe davam sossego, e tive vontade de chorar. Ele percebeu.

— O que há?... Ainda a Causa? Ainda a mulatinha que se foi para o Rio de Janeiro?

— Nada disso. Estou pensando em outra causa. Sua esposa. Como ela consegue... suportar?

Augusto apertou os olhos e riu-se, pensando que eu estava de implicâncias ou ciúmes. Ele não me entendia às vezes. Calei-me, cansada demais para tentar explicar qualquer coisa.

— Vou ficar dois meses longe da Corte, já está tudo combinado. Tenho férias. Tenho esses dias. Espero... vê-la em outras ocasiões, antes de partir.

Aquilo já era uma despedida, e eu não estava percebendo. Calei-me, apertei sua mão discretamente e subi em direção ao quarto de hóspedes. No dia seguinte, quando apareci na sala de visitas, ele já havia partido.

Faz frio, coisa incomum nesta época do ano. Estou aqui esperando a Mariazinha voltar da vila com o cesto abastecido, hoje é dia de comprar algumas coisas, mas ela se demora demais, e começo a ficar levemente irritada. Enxergo muito mal, mas consigo andar, vou à horta, passeio pelo jardim, volto a entrar, não há muito o que fazer por aqui, a casa é pequena e apertada. A minha velha casa, que era a casa da tia Henriqueta, foi vendida para pagar muitas dívidas, ouvi Mariazinha dizer ontem, ela pensa que não sei.

Eu queria voltar para a minha casa antiga, mas esta aqui

também é de alvenaria, bem arrumadinha, porque a Mariazinha sempre foi muito caprichosa, e o falecido marido dela ganhou o imóvel em uma aposta de briga de galo; aquelas apostas irritavam a pobre Mariazinha, mas ela depois ficou muito feliz com o feito do marido. Ela se mudou feliz da vida da casa de barro e teto de palha, aquela casa sem janelas e de um cômodo só, e disse a todo mundo que ia ter casa de branco. Ficou tão feliz, que passou a incentivar o marido a apostar sempre e mais, mas a sorte se fora, e ele começou a beber mais aguardente cada vez que perdia um jogo. Parece que se lembrava de que a mulher era sua principal incentivadora nos jogos, então descia-lhe o braço assim que chegava em casa de mãos vazias, e o inferno de Mariazinha começou, coitada. Rosa tinha só dois anos.

 Afastei as memórias ruins com um movimento da mão, como quem afasta uma mosca impertinente, e voltei à minha cadeira. Fiquei a alisar o braço de madeira gasta pelo tempo, e vi diante de mim novamente o marido da Mariazinha alisando o soalho para que os pés da Rosa não se machucassem naquela madeira, quando ela começou a dar os primeiros passos. Dedicado, isso nunca quisemos negar. Escutei o barulho da lixa dele, mas eram os pés da Mariazinha que entravam ali arrastando o cesto.

 — Até que enfim resolveu criar juízo — ela já chegava procurando um meio de ralhar comigo. Até que enfim. Sentadinha, muito bem, dona Firmina.

 — E veja, Mariazinha. Tem sido difícil aturar esses meus joelhos fracos. Minha cabeça está querendo passear, e as pernas não ajudam a cabeça. Sabe, tive de ficar velha pra entender o Cícero.

 — Hum. Não conheço.

 — O Marco Túlio Cícero. Um escritor famoso.

— De São Luís?...

— Não, muito mais famoso do que qualquer um de São Luís, sua boba. Um escritor da Roma antiga.

Ela deu de ombros e começou a preparar o almoço.

— Ouvi falar já de uns de São Luís tão famosos, e nunca ouvi falar desse tal de Cícero. E a senhora me diz que esse aí é mais famoso do que os que eu conheço. Então, ele não é famoso.

— Pois eu lhe juro que é.

— Pode ser para a senhora. Mas eu lhe provo que não é mais famoso que outro qualquer, cujo nome eu pelo menos tenha ouvido falar. O tal Sr. Artur Azevedo, por exemplo...

— Pelo amor de Deus, Mariazinha, não queira rebaixar tanto o Cícero numa comparação dessas. O Cícero é conhecido no mundo, o Sr. Azevedo, mal e mal, por aqui.

— Mal e mal, mas pelo menos eu o conheço. Pergunte a qualquer pessoa da vila, e verá que por aqui o tal Cícero é um desconhecido, e que por aqui o Sr. Azevedo é muito mais famoso. Então...

— Ainda quer ouvir o que o Cícero falou da velhice?

— Sim... diga lá...

— A velhice é engraçada. Porque nós podemos achar graça de nós mesmos. Além disso, "As pessoas são como os vinhos: a idade azeda os maus e apura os bons."

— Ora, vejam — ela ficou pensativa por uns instantes. — Então, vai ver, acho que a senhora é boa e má, porque anda apurada e ao mesmo tempo azeda.

Ri da minha filósofa, e voltei a alisar a madeira do braço da cadeira. Mariazinha preparou tudo com sua agilidade costumeira e voltou-se para me chamar, quando percebeu que eu olhava atentamente os braços da cadeira velha.

— Que foi com essa cadeira?

— Nada. Eu estava pensando. No seu... marido. Ele fez muitos móveis excelentes.

Ela estancou no meio da sala, com os pratos nas mãos. Não levantei o olhar, mas, pelo ritmo da sua respiração, eu sabia no que pensava e o que via. A chuva. O frio daquele dia, quase igual a este. As correntes lhe cortando a carne a cada puxão violento, e ela puxava mais e mais, até sentir o sangue lubrificando os pulsos e tornando ainda mais difícil arrancar os malditos ferros de si. Ao pé da cama, esperneava, gritava, e começou mesmo a berrar, talvez para abafar os gritos da criança no cômodo ao lado, esta sala, no caso, em que estávamos nós tranquilamente a remoer memórias que eram de difícil lembrança e de impossível esquecimento.

— Eu gritei alto para não ouvir os gritos dela. Não adiantou—. Mariazinha foi até a mesa, depositando os pratos lá. Começou a servir o meu. Ela gritava e me chamava, me chamava sem parar. E não pude fazer nada.

Eu a ouvi soluçar, ou talvez fosse a chuva lá fora.

— Sinto muito, Mariazinha. Eu não queria ter-lhe lembrado dessas tristezas do passado...

— Eu não planejei isso. Não planejei me lembrar hoje.

— Não adianta, minha boa amiga. Há memórias que são teimosas.

Nós nos calamos, e o almoço decorreu em silêncio, meu coração diminuído por ter tocado no assunto dos móveis.

— O que passou, passou... — ela suspirou, finalmente, erguendo-se com a dificuldade de sua velhice, tirando o prato da mesa. Eu também terminava de comer. Olhávamos para pontos distantes na sala, e ambas sabíamos o que as duas viam. A menina no chão, sem as roupas, rasgada pelo pai, sangrando por entre as pernas, os homens que chegaram logo depois atraídos pela gritaria e o mataram com o facão bem na frente dela. E a mulher com os pulsos estropiados sendo carregada, inconsciente. Ficariam as duas, mãe e filha, por alguns dias sem falar qualquer coisa depois do ocorrido.

— Aquele verme... — ouvi o balbucio dela e recuei muitos anos, vendo-o à minha frente em seus passeios com Rosa à vila. — Eu falei pra ele ficar longe dela. Eu falei. Eu estava vendo aquilo acontecer e demorei muito... ela nem tinha ficado mocinha...

— Já passou. Deixa.

— Só porque ela era tão clarinha... ele nunca achou que ela fosse filha dele... — senti a voz de Mariazinha tremular e sumir no meio do barulho da chuva limpa e aconchegante. — A senhora sabe...não era mesmo. Mas para mim, para mim, era a minha Rosa: era dele, era minha...

— Deixa, Mariazinha. Deixa.

Ela se calou.

Mas eu vi Rosa chegando à casa da tia Henriqueta naquela mesma tarde em que o seu pai morrera pelas mãos dos vizinhos, com vestidinho de chita cor-de-rosa todo sujo, a cabeça encaracolada baixa, as trancinhas desfeitas, os pés descalços, os olhos embaçados e inexpressivos. Sorri com o canto dos lábios. Foi a primeira de meus filhos adotivos, e viveu em minha casa por muitos dias sem erguer os olhos uma única vez, até morrer de gonorreia, dois anos depois.

****

Capítulo 4

São Luís parecia mais agitada naquela semana de maio. O ano ainda era 1875, e o deputado geral estava na província, de licença de suas atividades da Corte. Obviamente, o fato era do conhecimento de toda a gente importante que morava nos sobrados da cidade e nas vivendas dos arredores. O momento era oportuno para pedir favores, oferecer jantares e saraus, firmar contratos, discutir política.

Para os abolicionistas, a ocasião também era importante, de mais pressão, que cresceria na província muito ainda na década seguinte, com os atos mais arrojados do Clube dos Mortos. Entretanto, nesses dias, já tínhamos nossas agremiações e a Sociedade Manumissora. E o assunto estava na pauta de todos os saraus e encontros requintados. Especialmente naquela manhã e naquele protesto no Largo do Carmo, bem em frente ao sobrado onde todos sabiam que morava o Dr. Augusto Gomes de Castro, houve pressão.

Eu acordara muito cedo, a casa da minha tia Lucinda ficava bem no meio da agitação daquele lugar, e nunca me acostumara a dormir com ruídos de cidade se despertando embaixo da minha janela. Eu havia me mudado para Guimarães fazia muitos anos, ainda antes do fim da minha primeira infância e ainda sem entender, mesmo tendo sempre ouvido atentamente todas as conversas dos adultos, a complexa dinâmica de ser uma agregada vivendo de favores em casas de parentes mais abastados.

Depois de ter assumido o cargo para instrução primária, ia a São Luís para passar poucos dias quando havia folga na escola em Guimarães, ou quando havia convites irrecusáveis em ocasiões em que eu podia me ausentar na vila sem prejudicar os alunos. Mas também é preciso confessar que... quando o deputado estava na cidade, acho que eu encontrava uma maneira de visitar tia Lucinda.

São Luís era uma cidade estranha. Havia, em lugares como a Praia Grande, a rua da Estrela e o Largo do Carmo, onde ficava a casa da minha tia, os portentosos casarões de dois andares, cantaria nas soleiras e nas portas, bandeira e gradis rendilhados a encher nossa vista. Entretanto, e ao alcance do mesmo olho que se deslumbrava com a visão daquelas lindas construções, lá estavam infinitas casas de palha nas praças públicas, misturando e confundindo nosso entendimento. Contra a feiura, entretanto, daquelas casas de palha que nos deixavam constrangidos, não havia muito o que fazer.

As pessoas se incomodavam, reclamavam, mas elas permaneciam lá, apesar inclusive do Código de 1866, que proibira a construção desse tipo de moradia dentro da cidade, e ordenava que as que já existissem na cidade – e não eram poucas – fossem cobertas novamente. Esse Código de Posturas com suas leis encheu os moradores dos sobrados da Praia Grande de alívio e esperança de viver em uma cidade que fosse mesmo a Atenas brasileira.

Ninguém queria acordar de manhã, abrir sua janela e dar com os olhos naquelas construções horrorosas de palha bem no meio das lojas, dos bondes de tração animal, dos chafarizes recém-inaugurados, de construções bonitas como o teatro, a biblioteca pública, ou o Gabinete Português de Leitura, que nos lembravam como éramos civilizados. O tal conjunto de leis de 1866 prometia retirá-las e limpar a cidade do atraso e da pobreza que elas representavam, o que traria grande alívio aos moradores dos ricos sobrados. Na prática, e frustrando as esperanças gerais, até 1875, muito pouco havia sido feito de fato.

Lá estavam aquelas casas de palha misturadas aos sobrados, às construções bonitas, às quinquilharias das vitrines, às tipografias, e bem no meio das praças públicas da capital da província, rodeando a estátua tão bonita do poeta Gonçalves Dias. As pessoas podiam, de qualquer forma, desviar o olhar ou fingir que não existiam. Alguns, que se recusavam a essas estratégias, preferiam reclamar na presidência da província, e o faziam enfaticamente. Aquelas casas tinham então que ser removidas dali, uma vez que o Código de Posturas não estava sendo cumprido. Aquelas casas faziam da nossa cidade uma vergonha para os que vinham da Corte. Aquelas casas eram sinônimo de atraso para os que viviam na Atenas brasileira. Aquelas casas deveriam estar lá no Caminho-Novo que levava aos engenhos, e não ali.

Mas o problema não era unicamente a questão das casas de palha. No jornal O País, do Temístocles Aranha, lia-se, em pleno ano de 1875:

> *Convidam-se os fiscais a visitarem o chão vazio ou por outra o chão cheio de imundícies da rua santo Antônio, canto da rua do Ribeirão. Garantimos não passar lá sem levar o lenço ao nariz, se ainda tiver olfato.*

As pessoas de fato persistiam com aquela mania de jogar lixo pelas janelas, até em lugares inusitados, e causou indignação em alguns e riso em outros quando lemos, numa bela manhã, que "um cidadão reclama que, enquanto passava debaixo da janela da Câmara, foi atingido na cabeça por uma casca de banana." Lembro-me de ter lido o comentário do jornal em voz alta para a tia Lucinda, que reclamou por mais de dez minutos das condições da cidade, da sujeira do mercado de carne e de peixe, até começar a falar dos negros que vez ou outra circulavam pela Praia Grande em ferros, apesar da proibição.

Sim, havia uma proibição àquelas alturas para isso também. Os negros, segundo o nosso Código de Posturas, não deveriam circular pelas ruas da cidade em ferros, e os castigos deveriam, quando fossem dados, acontecer dentro das propriedades, e não debaixo dos nossos narizes, uma vez que vivíamos na Atenas brasileira.

Mas de nada adiantava nossa indignação com o assunto, nosso esforço em prol da civilização. Virava, mexia, passava um negro pelas ruas bonitas, pela Praia Grande aos ferros, infectando o nosso olhar com feiura, causando repulsa, e ninguém estava disposto a ver aquilo ao lado das belas lojas e das tipografias. De certa forma, foi assim que tudo começou naquela manhã de maio em São Luís.

Passara, no dia anterior, pelo Largo do Carmo, um negro conduzindo uma carroça com um ferro ao pescoço. O Victor Lobato, abolicionista que depois abriria seu próprio jornal, *A Pacotilha*, escreveu n'*O País* que aquilo era um grande absurdo. Denunciava o ato, argumentando com toda a sagacidade que "Castigos destes, quando se deem, devem ser no interior das casas, e não em público, pois é um fato que a civilização repele."

Aconteceu que o fato repelido pela civilização se repetiu dois dias depois, na manhã seguinte à denúncia do Lobato. Parecia provocação. Parecia uma afronta à civilização, ao jornal, à denúncia do Lobato, e, principalmente, aos olhos de quem não estava disposto a ver aquela cena. Na maior tranquilidade, passava novamente o mesmo negro pelo Largo do Carmo conduzindo a mesma carroça com o tal ferro ao pescoço. O povo da Atenas brasileira decidiu então que não era obrigado a tolerar aquilo.

Quando acordei, naquela manhã, a agitação era maior provavelmente, depois fui concluir, por causa do negro em ferros.

Fiz o desjejum com a tia Lucinda, e a escutava contar pela milésima vez como ganhara aquela casa em segredo de um parente do meu pai, que eu nunca conheci. Como boa filha bastarda que sempre fui, nunca perguntei nada do meu pai a ninguém. Mas acostumei-me a ouvir fragmentos da minha história quando resolviam me atirá-los como farelos a pombos. Tia Lucinda exercia essa prática com habilidade, e vez ou outra eu ficava conhecendo um detalhe a mais da família do falecido João Pedro Esteves. Sempre ouvia em silêncio, e jamais comentei qualquer coisa a respeito, mas eu sempre estive mais atenta aos pedacinhos dessas histórias do que qualquer interlocutor pudesse supor.

Estava na prática de garimpar a milésima versão daquela história da casa, em busca de resíduos que me ajudassem a compor minha existência, quando ouvimos os gritos lá fora. Levantei-me instintivamente, a tia segurava sua xícara, tomávamos um chá de capim cidreira excelente que quase foi derramado no soalho de tábuas tão certinhas. Fiquei de pé, os olhos da tia muito assustados, ela já tinha mais idade naquela época, sofria já das dores nos joelhos das quais ando padecendo atualmente, mas a velhice é uma coisa engraçada, Cícero nos mandou dizer, então a tia Lucinda ficou sentada, custava a se levantar. Eu corri até a varanda e olhei lá embaixo.

Uma aglomeração se formava na rua, e no meio da confusão estava o negro com o ferro ao pescoço, a carroça e o Lobato com o dedo em riste. Estreitei os olhos, eu queria ver mais e entender o que se passava, e entendi perfeitamente assim que consegui reconhecer no meio das pessoas ali ajuntadas o Heráclito Graça e, claro, meu deputado geral, o Dr. Augusto Gomes de Castro.

Voltei, estarrecida, a tia Lucinda chamava, queria saber todos os detalhes do que se passava lá embaixo.

— Tia... vou à rua... só um pouquinho.

— Mas vai se meter na confusão, Firmina?... Não faça isso. Acho que não convém.

— Só vou ver o que se passa. Trago-lhe as notícias — fui correndo até a porta antes que ela dissesse qualquer outra coisa.

Lembro-me de ter descido os degraus quase aos pulos, e me senti ofegante ao chegar lá embaixo. Atravessei correndo a aglome-ração que se formava em frente à loja do Sr. Freitas e encontrei logo Dr. Antônio Henriques Leal.

— Ora, vejam, dona Maria Firmina. Não sabia que estava na cidade.

— Estou... por uns dias... — tentei ver ao longe o que se passava, procurei a figura imponente de Augusto, mas havia muitas pessoas na minha frente e por todos os lados. Olhei para o Henriques Leal. — Como vai o senhor?... Espero que bem...

— Vou bem. Carolina anda muito constipada. Mas que bela confusão...

— Senhor Henriques... o que se passa?... minha tia... ficou preocupada.

— Espero que ela esteja bem de saúde.

— Está, está ótima. Mas...o que houve aqui?

Ele gostava de fazer suspenses desnecessários. Abaixou-se, olhou em meus olhos escuros e disse, como se contasse uma confidência das mais graves:

— Aquele preto de outro dia. Lembra-se?

— Não. Quem, meu Deus?

— Há uns dias, parece que passou esse mesmo preto aqui, com esse ferro ao pescoço.

— E as pessoas estão gritando?...

— O Lobato escreveu n'*O País*... cobrou uma postura da Câmara...

— Eu não cheguei a ler. Ele escreveu como denúncia por causa do Código de Posturas da cidade, não foi? — eu começava a entender o que se passava.

— Exato. Veja bem, minha cara. Acontece que o mesmo Lobato passou por aqui e viu o mesmo preto com o mesmo ferro e a mesma carroça, e dizem... que o preto pertence a um dos nossos deputados provinciais.

Não pude conter uma gargalhada. O Sr. Henriques entendeu e sorriu. Ele era muito gentil.

— Que coisa. E onde está o deputado? Quem é?

— O Eduardo Trindade.

— Hum!... Começo a entender agora a presença do deputado geral ali.

Desta vez, o Henriques Leal riu com toda a sua alegria expansiva.

— A senhora adivinha com sagacidade. Parabéns. Veja lá o Dr. Augusto Gomes de Castro. E o insuportável Heráclito Graça. Todo o Partido Conservador em defesa do Trindade.

— O Dr. Vitor Lobato foi corajoso nessa empreitada. Devo admitir.

— Nosso Lobato é ótimo!...

Olhei para meu interlocutor e sorri, voltando os olhos aos dois políticos lá no miolo da confusão.

— Vamos dar a volta, senhor Henriques. Acompanha-me?... Quero ver de perto e ouvir o que vão dizer esses sujeitos.

Gentil, o Sr. Antônio Henriques Leal me deu o braço e abrimos caminho por um dos cantos, onde havia menos gente. Fiquei a uma distância pequena da carroça do negro, deixada à parte, e só então pude ver o que ele transportava, mas eu teria adivinhado pelo cheiro que sufocava, mesmo ali ao ar livre e fresco da manhã.

A carroça não era muito grande, mas estava cheia de porcos que já começavam a se agitar debaixo do sol quente. Ao que tudo indicava, o negro os levaria ao matadouro, quando foi interceptado pelo Lobato. Levei o lenço ao nariz discretamente, e o Sr. Henriques gentilmente me puxou para o outro lado, de onde pude ver com clareza a figura do deputado geral. Ele me viu imediatamente, e nos olhamos por alguns segundos, até que Lobato voltou a ser o foco da sua atenção.

— Pois eu faço questão — o jornalista estava inflamado.

— Faço questão de esperar, senhor. E também o meu caro João da Matta. Ficaremos bem aqui esperando as providências.

— Teriam que esperar o dia todo, cavalheiros. Eu lhes juro que tomarei as providências cabíveis. Mas há doenças sem remédio.

— Como a escravidão! — gritou o Francisco Brandão, do meio de um grupo de jornalistas que estava bem ao lado da loja de arreios. O jovem Celso de Magalhães estava ao lado dele. — Está aí uma doença sem remédio, senhor deputado, e esperamos que os senhores da Corte possam encontrar logo a cura para o mal que destrói este país.

Muitos gritaram, e Augusto permaneceu com a expressão inalterada.

— A questão aqui será resolvida. Os senhores têm a minha

palavra. Espero que todos possam retomar suas atividades, e que todos nós tenhamos um dia abençoado.

Percebi que o jovem Celso de Magalhães ameaçou falar qualquer coisa, mas se calou. Ele era afinal filho de um amigo do Augusto, senhor de um engenho importante em Viana e dono de um algodoal em Alcântara. Entretanto, liberal, após ter retornado de seus estudos, convencera o pai a alforriar todos os escravos, e os transformara em trabalhadores e assalariados, o que causou muita repercussão por toda a província. Celso de Magalhães estava se tornando uma espécie de ídolo jovem para o meu caro amigo Henriques Leal, com suas publicações no jornal do Aranha, *O País*, e em outros, como *O Tempo*, *Semanário Maranhense* e *O Domingo*. Ele era realmente uma figura das mais inspiradoras à Causa naquela época.

— Não —. O Victor Lobato sabia ser terrível. — Quero muito ver a lei sendo cumprida. Eu gostaria mesmo que o senhor deputado, homem das leis, fizesse essa lei ser cumprida diante de todos.

Augusto sorriu e suspirou. Percebi que ele parecia impassível, mas eu sabia que estava nervoso.

— É o que pretendo, meu caro senhor... É o que vou tratar de fazer com que aconteça...

— Se a carroça seguir até o matadouro, passando pela cidade normalmente, é como se nada tivesse acontecido e é como se não houvesse leis, senhor deputado.

— Sim, senhor. Mas...

— Há um Código decretado aqui em São Luís há nove anos...

— Estou sabendo, meu senhor. Poupe-me da sua explicação.

Os ânimos começavam a se alterar. Olhei para os lados. Havia muitos jornalistas, conservadores, emancipacionistas e abolicionistas. Os antigos editores do jornal *A situação*, todos conservadores, o Luís Antonio Vieira da Silva, o João da Matta de Moraes, Fernando Vieira de Souza e Heráclito Graça, aglomeravam-se em torno de Augusto. Havia professores do Liceu maranhense, comerciantes e alguns moleques. Duas senhoras que participavam da agremiação abolicionista observavam a distância, e um grupo de negrinhas ria do outro lado da rua. Então, percebi que eu era a única senhora por ali, mais perto da confusão, e refleti comigo mesma que isso era uma infelicidade enorme, porque me fazia temer outro código de posturas que eu talvez estivesse desrespeitando com minha presença no meio da discussão dos homens. Mas pensei e temi tudo isso com uma preguiça infinita, porque eu pretendia ficar por lá mesmo e acompanhar o desenrolar da situação. Quando percebi, estava torcendo pela minha própria causa, mas isso não era minha culpa.

Eu temia a aplicação deste outro código, do qual estávamos todos íntimos, embora não estivesse registrado em lugar nenhum, que me advertia sobre a impropriedade da minha presença continuada na rua se as coisas esquentassem um pouco mais. Entretanto, como eu queria ficar, desejei fervorosamente que não aparecesse outro legalista deste outro código e me tirasse dali como queriam tirar o ferro do pescoço do negro. Mas ser uma senhora solteira tinha suas vantagens.

Não notaram em mim, ou na impropriedade da minha presença, e fui ficando. Obviamente, Augusto desejava que eu saísse dali, o que era, aliás, um excelente incentivo para que eu permanecesse. Fiquei, e vi que a questão começava a se agravar.

— O senhor pode ser poupado da explicação. Mas, e nós?... Quando seremos poupados dessa falta de cumprimento da lei pelos próprios que fazem a lei?

— Lobato está perdendo o juízo — cochichou o Sr. Henriques, ao meu lado. — Ele está cutucando onça com vara curta. Vai acabar preso.

— Não entendi o que ele quer ainda — virei-me para Henriques Leal.

— Quer que a carroça não saia do lugar até que o dono do negro apareça e retire publicamente o ferro de seu pescoço. A senhora sabe. O dono é o deputado provincial. Isso não vai dar em coisa boa.

— Sei. Ele não vai aparecer aqui. O Sr. Victor Lobato está querendo demais. Embora, é claro, esteja com a razão — emendei, rapidamente. A presença de Augusto me confundia.

— Se o senhor prosseguir com sua absurda demanda e obstruir a via, terei que tomar providência, senhor Victor Lobato.

— Por quê?... — o jovem jornalista riu-se. — Qual seria a acusação contra mim?

— O senhor está desrespeitando uma norma pública. Está obstruindo o caminho, causando aglomeração, baderna...

— Bom! Mas, neste caso, teria que prender em primeiro lugar o nosso excelente Eduardo Trindade, porque ele também desrespeita uma norma pública e causa a baderna aqui— Ele retirou um papel amarrotado de dentro do paletó e leu com voz imponente, triunfante:

> *É proibido que escravos andem pelas ruas da cidade com gargalheiras, grilhetas e outros instrumentos de castigo, e aqueles que assim forem encontrados serão retidos por qualquer dos fiscais, que, depois de tirar-lhes os mesmos instrumentos, os entregarão aos senhores, que pagarão a multa de dez mil réis, e o dobro nas reincidências.*

— E vejam todos, não é segredo que se trata de uma reincidência. Eu publiquei uma denúncia sobre este mesmo negro há dois dias e nada foi feito. Eu me pergunto, senhoras e senhores, quando a lei se fará cumprir neste país?... Onde estão os fiscais? Até quando ficaremos assim?... Ou aparece o fiscal e aplica a lei, ou o próprio senhor Trindade...

O Dr. Augusto, por aquela hora, já estava sem nenhum fiapo de paciência. Eu sabia, pela expressão dos seus olhos. Mas nem Victor Lobato, nem Francisco Brandão, que estava com ele, desistiriam tão facilmente. E ainda havia o próprio Sr. Antonio Henriques ao meu lado, e Celso de Magalhães, que ameaçava gritar palavras de ordem em favor da abolição.

As negrinhas assistiam à cena de um canto esquecido do Largo e riam-se, divertidas dos gritos do Victor Lobato e de seus modos atrapalhados, que fizeram com que o papel amarrotado com a lei escrita caísse na rua pelo menos duas vezes e precisasse ser resgatado lá adiante quase na porta da loja do Freitas, levado pelo vento. O negro com o ferro no pescoço, ao perceber que os porcos se agitavam mais, a ponto de incomodar os que se aglomeravam ali, tentou acalmá-los, sem nenhum sucesso. Por fim, sentou-se à beira da carroça, cansado, a discussão dos senhores prometia durar, ele aproveitaria ao menos para esticar as pernas, o sol de São Luís era penoso às vezes.

— Eu não sei por que me chamaram aqui. Na verdade, não posso resolver essa questão, que é de ordem da administração da cidade. Sinto muito, senhor Victor Lobato, que sua truculência atrapalhe o cumprimento da lei.

— Minha truculência!!!! Pois sim... Excelentíssimo Dr., sou apenas um jornalista e quero, como o senhor, cumprir a lei.

Trata-se de uma reincidência. O negro anda aos ferros. É justo que tenhamos que ver isso?... Há... — ele olhou em volta e me avistou, pela primeira vez. — Senhoras por aqui!... Que imagem queremos que o senhor passe na Corte de nossa bela Atenas?

— Bom, se a questão é só de aparência, não me causou dano moral ter visto um negro com o ferro no pescoço. Não é a primeira vez na minha vida que vejo isso, acho que não será a última. E, aliás, se ele tem o ferro, fez alguma coisa para merecer o castigo do seu dono.

O Dr. Augusto aproximou-se do escravo, que já cochilava sentado na carroça.

— Diga, meu filho, o que você fez? Por que seu dono o botou nesses ferros?

— Roubei um de seus porcos, sinhô. Foi por uma boa causa. Mas já me desculpei.

Augusto suspirou, rindo-se.

— Um roubo por uma boa causa! — ele olhou em volta e riu-se, sacudindo a cabeça. — Está aí uma razão. Bom, se um dono não pode castigar e corrigir um roubo de seu escravo, o que então faremos com o escravo que roubar daqui para a frente? Acaso o senhor Victor Lobato quer defender o ato extremo de prender esse escravo pelo roubo de um simples porco? Atirá-lo na prisão como se fosse um homem livre, totalmente responsável por seus atos?

O escravo estremeceu, com medo agora de ir para a cadeia. Ele começou imediatamente a murmurar que tinha filhos, esposa na fazenda do dono. Por que aquilo tudo teria começado?...

— Doutor, eu só quero trabalhar em paz.

— Ah!... — o Dr. Augusto exclamou, triunfante. — Eu sei, filho. Você errou. Mas não errará mais.

— Não roubarei mais, não, senhor.

— Muito bem. Diga-me... acaso prefere... se tivesse que escolher... diga-me... o que seria melhor: carregar esse ferro no pescoço por mais duas semanas ou amargar muitos meses numa cadeia em meio a outros criminosos? É o que acontece com quem rouba e não tem um... dono.

O escravo caiu em desespero profundo e se ajoelhou aos pés do senhor deputado.

— Senhor, não posso ser preso, tenho minha vida na fazenda, deixe-me por favor ficar com este ferro e voltar para casa. Só quero fazer meu trabalho... — ele ergueu-se, quase em lágrimas. — Deixa, doutor, deixa...

Victor Lobato estava furioso, a ponto de bater no negro.

— Ora, o que o senhor deputado faz é um absurdo.

— Vou pessoalmente à residência do senhor Eduardo Trindade hoje à tarde e dizer a ele que não mande mais o escravo à cidade com o ferro ao pescoço — Heráclito Graça falou, com sua voz rouca. — E acabou-se a discussão, senhor Lobato. As pessoas aqui têm mais o que fazer. Passar bem.

— Isso, senhor, me deixa passar. Tenho muito trabalho ainda hoje.

Lobato ignorou a fala do negro, com o rosto já vermelho de ódio:

— Este ferro tinha de ser retirado agora, e este negro tinha de ser recolhido...

— Pelo amor de São Benedito, não me recolhe, não!... doutor, me deixa ir, me ajuda...

Augusto foi até ele:

— Sim, filho. Pode passar. Vá ao matadouro logo, com sua carroça, fazer seu trabalho. Se este senhor tentar impedir com baderna que pode inclusive lhe custar caro, cuidaremos do assunto. Diga a ele o que você quer.

— Eu quero por amor de São Benedito voltar logo para a fazenda. Dá licença, seus doutores.

Victor Lobato, com as mãos pensas, ficou a ver o negro conduzindo a carroça de porcos desesperados direto ao matadouro. Não havia o que fazer.

— Vá em paz... — Augusto sorriu, com sua gentileza diabólica. — Mas... espere. Qual foi o motivo, o bom motivo que causou o seu furto afinal?

O negro, completamente feliz com a perspectiva de chegar logo ao matadouro, voltou-se:

— Eu queria fazer meu sinhozinho mais rico.

— Não entendi...como vai fazer alguém mais rico subtraindo-lhe uma propriedade?

O negro puxou a carroça.

— Eu mato o porco, como o porco. Fico mais forte e trabalho mais. E o sinhozinho tem mais açúcar pra vender.

Fiquei pessoalmente impressionada com a lógica dele. Mas Augusto, claro, não aceitaria deixá-lo ir sem uma última palavra:

— Maravilhoso raciocínio. Mas veja, e nunca se esqueça do ferro que você traz no pescoço. Podia ser a cadeia...

— Deus Nosso-Senhor me livre...

— Então. Da próxima vez, peça ao seu dono que pense por você ou que o autorize pensar uma coisa dessas. Porque o porco continua sendo dele, assim como você.

Para Victor Lobato, o sorriso de satisfação do negro ao ouvir as palavras finais do deputado foi a gota d'água, e ele saiu correndo o mais rápido que pôde dali antes que perdesse o controle e atacasse o deputado geral com as unhas. Brandão o seguiu, balançando a cabeça, reclamando, afirmando que a Causa seria resolvida com ou sem o apoio dos conservadores, que o futuro diria por si só.

Os homens que ficaram na rua comentavam o fato; muitos não gostavam de Augusto naquela região, era verdade, mas ele era o deputado geral, lidava bem com todas as coisas e distribuía benesses com uma generosidade impressionante. João da Matta passou por mim e pelo Sr. Antônio Henriques Leal com uma cara de enterro, e, depois de me cumprimentar com gentileza, segredou ao amigo:

— Desse jeito, não vamos chegar a lugar nenhum, meu amigo. Nunca, nunca. Está difícil... Abutres!...

— Vamos à reunião da Sociedade Manumissora na sexta. Na casa do Dr. Tolentino. Ele poderá nos dar alguma orientação sobre procedimentos... enquanto esse asno está na cidade.

— Meu caro Henriques, depois do que acaba de se passar aqui, tenho muitas dúvidas.

— Acalme-se. A Causa é maior do que o poder ou a vontade dele ou de qualquer idiota do Partido Conservador. Heráclito Graça não vai conseguir nada... não vai se eleger novamente, é o que eu suponho...Temos que botar lá gente nossa...

Olhei ao longe para o Dr. Augusto, enquanto os dois senhores conversavam ao meu lado. Ele me olhou de volta e sorriu, cumprimentando-me. Confesso que tive ímpetos estranhos e paradoxais.

****

Capítulo 5

— Mas minha filha, eu não entendi. E o pobre coitado do negro?

— Nem sei, tinha Lucinda... nem sei.

— Mas... ele afinal de contas seguiu caminho com o tal ferro no pescoço?

— Seguiu, e parece que foi contente da vida por não ir preso. O Dr. Augusto... foi perverso.

Engoli em seco e disfarcei a vontade de gritar com um pigarro. Tia Lucinda estava inconsolável.

— Mas que coisa. Vou amanhã à reunião da nossa Agremiação, na casa da dona Miranda. Quero só ver o que as senhoras vão falar disso...

— O Dr. Augusto é um homem inteligente.

— Aquele Dr. Augusto. Acho que ninguém gosta muito dele. Você gosta?

Engasguei.

— Bom, tia... somos velhos conhecidos. A senhora sabe...

— Sei, ele fez muito pelas escolas. Mas sempre gostou de brigar com você.

— Verdade... com argumentos péssimos, claro — pensei, com medo, se as pessoas andavam comentando sobre mim. Olhei para minha tia, mas ela parecia não saber de nada.

— Bem. O fato é que... ele é um deputado escravocrata.

Não tem jeito. Ninguém pode com eles. E sempre são eleitos. Meu querido marido morreu lutando pela abolição dos escravos e não viu isso acontecer.

Suspirei, tentando fitar um ponto no infinito. Ela continuou:

— Agora, olha aí onde estamos. A cada dia que passa, sabe, minha boa Firmina, a cada dia... parece que estamos mais longe dessa libertação dos cativos...

— Eu entendo a sua sensação, tia Lucinda.

— Que bom, minha filha. Amelinha não entende nada. Diz que estou variando.

Eu ri, achando graça dela.

— Mas Amelinha não quer saber de discutir esses temas. Disse que política é coisa para homens. De certa forma, ela tem razão...

— Não consigo sinceramente enxergar a razão nisso... mas respeito a opinião dela...

— Minha filha, pense bem. Se você não tivesse discutido esse tema em alguns saraus, não teria brigado com o tal Dr. Augusto, e ele hoje poderia ajudar mais a escola de Guimarães. Só estou dando um exemplo...

— Eu sei. Talvez a senhora esteja certa.

Ela sorriu. Vi que não sabia de nenhum dos meus terríveis segredos.

— Mas então o Victor Lobato simplesmente desistiu do negro?... Logo ele?...

— O Sr. Victor Lobato perdeu a discussão porque o negro ficou com medo de ser preso — dei de ombros. — Não há como culpá-lo, neste caso. Parecia mesmo ameaça a palavra do Dr. deputado geral. A senhora sabe... quando eles falam de um jeito assim... um jeito de entendedores de leis...

— Eu sei, eu sei! Eles entendem de tudo, esses homens doutores!... que horror. Seu tio era assim. Entendia, entendia, entendia.

Desviei os olhos para um móvel de jacarandá cheio de contornos bonitos. Mas ela não desistiria tão fácil. O falecido José Pereira viera para ficar naquela tarde.

— Aquele homem. Apesar do seu ar de sabedor de todas as coisas, eu nunca discuti com ele. Gostava dele, sabe? Foi ele... que me deu uma vida melhor...

Mordi o lábio inferior, esforçando-me para não dizer nada a respeito do meu falecido tio. Àquela altura da minha vida, eu já havia aprendido a controlar meus impulsos. Mas, quando se tratava dele, meu sangue ainda gelava levemente nas veias.

— Meu José Pereira estimava muito sua família, Firmina.

Duas lágrimas rolaram pelas faces brancas e enrugadas dela. Levantei-me correndo e peguei-lhe o lenço, que estava à parte, em uma poltrona, e lhe entreguei. Ela me agradeceu com singelo sorriso, e sentei-me ao seu lado. A memória, quando vinha assim, naquele galope, derramava qualquer coisa de dentro da gente e fazia chorar mesmo.

— Desculpe-me, querida. Não falo muito dessas coisas... Amelinha... não gosta...

— Amelinha não quer que a senhora sofra, minha boa tia.

— Coitada... tem reclamado... o marido não a deixa sair muito de casa, sabe?... fica lá, naquele sobrado... é um dos mais lindos da Rua da Estrela, decerto, mas...

— Tia, querida, pense bem: ela podia estar morando sozinha em um engenho. E como seria?

— Oh!... muito mais divertido... atividades o tempo todo...

a vida de fazenda com os animais, escrav... — ela parou. Olhou ao longe, e parecia desconcertada. — É. Vida na cidade pode ser boa...

— Sempre há algum evento em São Luís, tia. Amelinha participa da agremiação, não?

— Sim. Ela tem ido com frequência.

— Então!... imagine a vida em um engenho... nenhum amigo a quilômetros de distância...

— Sim, vou dizer isso a ela. Vai animá-la.

Sorri, servindo o chá, que estava à parte, em duas xícaras, entregando uma a ela. Tia Lucinda tomou, e ficamos as duas por uns momentos a pensar sobre qualquer coisa do passado.

Esta minha tia de São Luís era branca. Não era minha tia de sangue. Uma história difícil de ser explicada. Em Guimarães, eu tinha minha mãe e minha tia Henriqueta. E havia outra tia, mulata, que se casara com o José Pereira. Ele era branco. Filho de portugueses, e foi para o Recife estudar Direito. Não era rico, mas tinha um pedaço de terra. Mas ela morreu poucos meses depois do casamento, e José voltou do Recife e se casou com a boa tia Lucinda, que era uma branca pobre. Ele vendeu a terra que herdara e deixou uma boa soma de dinheiro para ela antes de morrer, mas acabou beneficiando também minha mãe e minha tia de Guimarães, irmãs pobres de sua falecida esposa, em seu testamento. Minha tia de Guimarães ainda conseguiu herdar duas outras casas que o marido lhe deixara, de modo que ficou em melhor situação. Mas agora todas as casas se foram.

Depositei a xícara vazia à parte e fui até a varanda tomar ar fresco, aproveitando que a tarde caía, e o mar trazia uma brisa gostosa para dentro dos solares. Pus-me a olhar o movimento do fim da tarde, a correria dos meninos, as quitandeiras recolhendo suas mercadorias, algumas lojas se fechando, as pessoas paradas nas esquinas conversando, alguns senhores com um jornal nas mãos discutindo qualquer notícia política, o bonde de tração animal passando pelo Largo e retornando em direção à Freguesia de Nossa Senhora da Conceição.

    Eu havia morado em São Luís até os cinco anos de idade, em uma casa pobre, com minha mãe e minha irmã Amália. Meu tio, o José Pereira, ia em casa algumas vezes, e me lembro que era muito afeiçoado a nós duas. Amália, entretanto, sempre fora sua preferida. Ele a sentava no colo e lhe contava histórias e me chamava para ouvir, mas eu me escondia, e ele gostava de rir da minha timidez. Levava Amália para passear em seu cavalo, e ela aprendeu a montar muito nova por causa disso. Quando ela tinha nove anos, ele a levou para passear na Praia Grande, e voltaram com muitos presentes para mim e para a mamãe. Ele sempre trazia algo para nós duas quando vinha, mas os agrados para Amália eram mais divertidos. Ou talvez eu estivesse com ciúmes.

    Em São Luís, fomos felizes na casa de palha. Era só uma casa simples, não havia quem ajudasse minha pobre mãe, mas eu era feliz. Amália ajudou a cuidar de mim, embora fosse apenas um pouco mais velha. Depois, em Guimarães, fui para uma casa melhorzinha, de alvenaria. Presente do tio.

    Ele não nos abandonou quando nos mudamos para Guimarães. Ia lá com frequência, levando notícias de São Luís e da tia Lucinda, e da prima que nascera, a Amelinha. Continuava nos levando presentes também, e bonitas peças de tecido para lindos vestidos que pudessem nos servir para frequentarmos algumas casas de boas famílias em Guimarães ou em São Luís. Estávamos ficando mocinhas, e era importante termos boas relações com boas famílias. Mas vivíamos uma vida de freirinhas enclausuradas, e o tio dizia que aquilo não era bom, que as meninas precisariam de boas relações no futuro. Tanto José Pereira quanto o Sotero dos Reis, primo da minha mãe, nos ajudaram muito a entrar em algumas casas sobretudo em São Luís. Minha mãe nunca nos acompanhou, claro. Mas nos deixava ir com o tio Pereira. Amália passou a viajar a São Luís com frequência, sempre com o tio, e ficava temporadas inteiras em sua casa. Esta casa.

Eu tinha pouco mais de quinze anos quando conheci Sotero dos Reis em um sarau bem aqui. Ele estava assentado e levantou-se assim que me viu entrar, timidamente, atrás do tio Pereira, com um vestido novo e o cabelo muito arrumado em cachos.

— Então esta é a Maria Firmina dos Reis. Que graciosa.

— Como vai, senhor?... Espero que bem.

— Estou aqui com este meu aluno do liceu, o Augusto Olímpio Gomes de Castro. O pai dele tem um engenho lá perto de Guimarães.

Virei-me e vi o Augusto pela primeira vez. Ele era mais novo que eu alguns anos, e me lançou um sorriso de moço simpático, como se fosse anos mais velho e sabedor das coisas da vida. Não era difícil saber qualquer coisa da vida a mais do que eu, que tinha vivido aqueles quinze anos praticamente em uma clausura.

— Boa tarde, senhorita. Seja bem-vinda a São Luís.

— Boa tarde — eu respondi rapidamente, e virei-me para o meu primo. — Senhor, gostaria muito que me ensinasse. Quero ser professora.

Sotero dos Reis sorriu, desconcertado, e acho que Augusto me olhou com curiosidade.

— Que coisa ótima... Posso lhe emprestar uns livros. O que me diz?

— Se o senhor puder, eu ficarei muito grata.

— Vejo que esta mocinha tem objetivo e foco. Veja, Augusto, se metade dos alunos do liceu fosse assim...

— Verdade... — Augusto falou, muito simpático. — Parabéns pela sua força de vontade.

— A senhorita frequentou alguma aula para meninas? — Meu tio me perguntou, com jeito.

— Não. Só as aulas aqui da tia Lucinda, quando ela ensinava algo para a minha prima Amelinha, que estudou nessa escola Nossa Senhora da Glória. Mas eu aprendi a ler, escrever, e fazer contas. Sei que é pouco...

— Ora, vejo que é muito esforçada. Veja isso, Augusto. Essa minha prima mora em Guimarães, com tão raras oportunidades de aprender... — ele virou-se para mim — tenho muitos alunos, minha querida Firmina, no liceu maranhense, que têm grandes oportunidades... e não estudam nada.

Olhei o moço jovem que sorria para mim e me entristeci a ponto de quase querer chorar. Senti uma coisa muito feia ali. Um desânimo, uma tristeza solitária de oprimir a alma. Uma revolta tímida, mas doída, contra as injustiças do mundo. Lembro-me de ter tido esse sentimento muitas vezes depois, mas acho que nunca foi tão forte como naquela tarde em São Luís. Respirei fundo. Parte do meu ânimo inocente estava se transformando em outra coisa.

— Não entendo, sinto muito. Não entendo como alguém pode ter essa oportunidade que... eu tanto queria... e, simplesmente...

— O mundo é grande e cruel, minha querida Firmina. E o que você fará nele?

Calei-me, sem saber o que lhe responder. Suspirei e lhe devolvi a pergunta.

— Acho que... o que for possível. O que é possível, meu caro primo?...

Ele bateu palmas e sorriu.

— Vou lhe emprestar uns livros. Vamos combinar uma coisa. Eu fico na biblioteca pública amanhã. Peça ao seu tio para levá-la à tarde. Estamos combinados?

Assenti com a cabeça, agradecendo-lhe a gentileza. Além de professor, ele era homem da política e havia ocupado um cargo na Assembleia Provincial como deputado. E estava lá, me dando toda a atenção e sorrindo paternalmente. Inevitavelmente, e com certo orgulho, quando me lembro dessa tarde de 1840, fico inclinada a pensar que, vinte e quatro anos depois, ele tenha presidido o Lar Santa Tereza, para meninas carentes, por qualquer motivação que eu ajudara a cultivar naquela conversa.

Mas ali, naquela tarde, nada iria mudar os fatos. Eu nunca poderia frequentar o liceu maranhense onde meu tio dava aulas, eu era só uma menina. Ainda por cima, eu era bastarda e pobre. E, embora meu pai, pelo que diziam, fosse branco como o algodão das suas fazendas, minha mãe era cor de café das fazendas do Sul. Não, eu não era como eles, mas eu também não queria ser como a minha mãe. O que eu faria, meu Deus? O que seria meu jeito possível de estar no mundo?

Voltei a sentir aquela coisa estranha, de que depois nunca consegui me livrar. Era um sentimento ruim, parecido com outro que eu adorava tanto, de experimentar a areia da praia se movendo sob meus pés descalços por causa da retração do mar. Notei o solo se movendo naquela sala, e eu não tinha mais firmeza embaixo dos pés. Bati discretamente um dos pés no soalho do meu tio, e o moço Augusto olhou para o meu pé e riu-se um pouco. Nunca soube o que ele pensou daquilo.

Na tarde seguinte, fui à biblioteca com meu tio José Pereira com meu melhor vestido e com os cabelos muito arrumados por uma escrava da minha tia Lucinda. O primo estava lá, mergulhado em muitos livros, e me saudou com enorme simpatia assim que me viu. Ele me entregou cada um dos seis livros que havia separado, explicando-me brevemente qual assunto eu deveria ler primeiro. Fiquei muito preocupada em ter que devolver rapidamente todos eles, mas o primo estava me emprestando sem data de devolução. Não eram da biblioteca, eram livros pessoais que não usaria até o próximo ano. Explicou-me cada coisa com paciência gentil e foi depositando cada um no meu colo cuidadosamente. Abracei os volumes, e eu abraçava o mundo inteiro. Saí da biblioteca impaciente para começar a ler cada um deles. Naquela noite, acho que nem dormi.

Estou de volta à varanda da casa do meu falecido tio em São Luís, a tarde cai, o ano é 1875, o dia foi agitado, eu vi Victor Lobato quase bater no deputado geral por causa de um negro com ferros no pescoço. Preciso contar da mulher que se matou no dia seguinte ao episódio do negro com o ferro no pescoço, mas não consigo, porque não estou na varanda da casa de São Luís, mas voltei à varanda da casa da tia Henriqueta, essa casa da qual recentemente me mudei para a morada da Mariazinha, aquela casa onde fui morar quando estava com vinte e cinco anos e passei no concurso para ser a professora da escola.

A casa da minha tia de Guimarães era muito mais bonita que a da minha mãe. Ela tinha feito um casamento melhor do que o da minha mãe, que na verdade não fizera nenhum casamento. Meu pai nunca apareceu na minha frente, mas sempre ouvi por trás de mim falarem no nome dele. Nunca me importei. Mas depender da caridade dos parentes era muito ruim. Sempre dependi da caridade alheia, e decidi cedo que queria trabalhar e que ganharia meu próprio salário.

    Aquela casa em Guimarães.

    Eu queria voltar pra lá e não posso mais. Estou sabendo que Mariazinha a vendeu para pagar minhas dívidas. A casa se foi, mas a varanda está bem aqui na minha memória, e estou parada, tenho vinte e cinco anos, é o dia mais feliz da minha vida, estou indo à cidade receber a honra desse primeiro lugar no concurso, sou uma professora agora da província do Maranhão...

    Eu queria ficar naquela varanda, só ficar ali mais um pouquinho olhando a estradinha que me levaria um dia ao Engenho Santo Antônio, do jovem Sr. Augusto Gomes de Castro, e vendo as outras estradinhas, as trilhas, as vacas, os meninos correndo no meio da poeira, as ruas, as outras casas da minha rua, a Capela de São José, a praça. Eu queria agora ter ficado ali para sempre, mas eu desci as escadas. Tive que descer. E desci muito excitada, por causa da aprovação no concurso público. Ainda bem que, pelo menos e apesar da alegria, desci em silêncio. Quando cheguei lá embaixo, no sofá novo da minha tia Henriqueta, eu vi o meu tio deitado em cima da minha irmã com as calças abaixadas.

    Nunca vou me esquecer da cena. Ela estava com as pernas muito abertas, o cabelo, que era menos crespo que o meu, caído em tufos pelo sofá, um dos braços inerte e caído no chão, o outro, apoiado no encosto do sofá. Nenhum dos dois emitia qualquer som, e o único ruído era o barulho das estocadas que meu tio dava nela, cada vez mais fundas, mais frenéticas, e ela resistia em uma mudez absoluta, os olhos abertos muito vazios, e eu cheguei a pensar que estivesse mesmo morta, quando, para meu alívio, ela mexeu um dos pés. O movimento foi mínimo, mas pude ver que ela estava viva, e respirei aliviada. Na ponta dos pés, voltei cada degrau com as pernas trêmulas, e tranquei-me no meu quarto. E nem sei ao certo por que, mas lembro-me de que chorei copiosamente. Quando finalmente minha mãe bateu no quarto, abri com os olhos vermelhos, e a abracei com força.

— Mamãe, sou professora, como estou feliz!...

— Vamos receber o diploma com você, minha filha. Seu tio veio de São Luís só pra isso. Quanta honra!...

Sorri, consenti, desci as escadas. Lá estavam os dois, minha irmã, com os cabelos ajeitados em um penteado lindo, e meu tio, a conversarem no sofá. Percebi que os olhos dela não estavam mais vazios, e parecia ter sido impossível que a cena anterior tivesse acontecido ali poucas horas antes. Talvez eu tivesse sonhado tudo aquilo. Olhei nos olhos dela e sorri. Ela me abraçou. Na época, Amália tinha vinte e oito anos, mas nunca soube com que idade havia começado aquilo com o José Pereira.

Fui até o quintal sem saber como me comportar na frente do meu tio, de repente ele havia ganhado um outro significado para mim que eu não sabia nomear. Com afabilidade, ele pegou em uma das minhas mãos e disse, ao lado da minha mãe:

— Professorinha, vamos chamar o palanquim para que a senhora vá receber o título?

O palanquim era a forma usual de alguém ser transportado em Guimarães, porque, naquela época, as ruas eram mais estreitas que hoje em dia, nesses tempos modernos dessa República estranha. A gente subia no palanquim e era carregado por dois negros, e chegava aos lugares sem sujar os sapatos no barro ou na areia, nem molhar a roupa de suor. Mas eu não sei o que aconteceu comigo.

Arranquei minha mão da mão branca dele e falei, quase gritando:

— Não. Negro não é bicho para a gente montar. Vou a pé.

E virei as costas, saí andando. Talvez minha mãe tenha ficado um pouco triste. Meu tio acho que nunca me perdoou pela frase, porque a contou para todos, elogiando meu caráter de "moça de opinião". Acabei ganhando essa fama, naquela época, e tudo por causa do que eu vira na sala. Eles nunca saberiam.

— Você está longe, minha querida Firmina. Está longe.

Fechei a porta da varanda com cuidado.

— Estou aqui, tia Lucinda. Estava olhando o movimento.

— Hum. Que saudades tenho daquele velho. O Pereira.

— Eu sei — suspirei, sentando-me e pegando meu trabalho de bordado — eu também. Ele me deu muita coisa, afinal.

****

Capítulo 6

Em tempos difíceis, a gente não deve fazer certas perguntas. "O que mais falta acontecer?" é uma frase que sempre achei pesada, que nunca trouxe bons resultados como resposta. A pessoa que pergunta uma coisa dessas parece estar chamando para a roda qualquer catástrofe que estiver à espreita.

Pois bem. Depois de ouvir tia Lucinda remoendo a história do negro com o ferro no pescoço uma dúzia de vezes e se perguntando a tal frase outra dúzia, acordei no dia seguinte já desconfiada do que podia vir.

Desci à rua, não vou mentir, na esperança de encontrar meu deputado em qualquer esquina ou loja da Praia Grande. Andei a manhã inteira, entrei e saí da Biblioteca Pública, do Gabinete Português de Leitura, da Livraria Frutuoso, da Francesa-Portuguesa, da Magalhães e da Universal, onde fiquei longo tempo procurando exatamente nada para comprar. Meu peito estava oprimido ainda com a história do dia anterior, e aquela falta de informação sobre o paradeiro do Augusto me deixava em agonia.

Eu sei. Eu era só uma amante dele, algo eventual, pontual, para os dias especiais, como ele dizia. Mas eu queria saber ao menos um pouquinho mais sobre o que seria daquilo, queria um solo firme, uma rocha qualquer que eu pudesse agarrar, ainda que fosse pela beirada. Na verdade, eu procurava um repouso para a ponta dos pés. Passei pelo Largo dos Remédios novamente, com aquela familiar sensação de estar andando sobre areia que escapava, e vi a estátua do poeta Gonçalves Dias a me olhar. Parei, tirei o lenço e enxuguei o suor da testa, e quase conversei com aquela estátua. Novamente, a areia corria sob meus pés enquanto eu procurava o deputado em cada praça da cidade, em cada estabelecimento, em vez de estar em casa lendo um bom livro ou, quem sabe, ter ido à reunião da agremiação com a minha tia e aquelas senhoras na casa da dona Miranda. Suspirei.

Aquela reunião consistia numa falação infindável de senhoras sem nenhum resultado prático e com as quais eu andava sem nenhuma paciência. Não me restavam muitas opções. Olhei o poeta do alto de sua imortalidade imponente e comecei a pensar no que eu faria. Declamei, à meia-voz, para a estátua muda, que me olhava estática:

> *Quem me pode escutar nesta altura*
> *Os segredos que minha alma contém*
> *Quem me pode enxugar este pranto*
> *Que as águas se embebe também*
> *Amanhã, na deserta enseada*
> *Onde as águas revoltadas vêm*
> *Entre espumas e búzios da praia*
> *Acharão os meus restos também.*

A estátua indiferente me olhou de volta. Suspirei. Gonçalves Dias, caro poeta, a situação não está fácil. O senhor sabe do que eu estou falando. O senhor não se faça de tonto. O senhor fundou o Grêmio, a associação literária mais cheia de vigor e oposição às posições conservadoras dos idiotas do Liceu, os amiguinhos do Augusto. Bom, o que eu estou dizendo?... eu podia ter escrito mais para o *Eco da juventude*, participado de agremiações literárias... mas estou aqui, andando em círculos como mosca em torno de uma lamparina que vai me matar.

    Nesse ponto, olhei ao longe, cansada de qualquer coisa. Pensei na minha primeira briga com o deputado geral por causa de um artigo do *Vulcão*, em 1848, e ri sozinha. Eu havia acabado de me tornar professora em Guimarães e estava de férias e feliz, após o primeiro ano de trabalho. Meu querido poeta, esse deputado tinha que estragar tudo.

    — Esta é a Maria Firmina dos Reis, professora de Primeiras Letras de Guimarães.

    — Muito prazer, Dr. Augusto.

    — Já nos conhecemos, senhora — Augusto riu, assustando minha pobre tia Henriqueta. — Eu e sua sobrinha nos conhecemos há alguns anos na casa do senhor José Pereira, que Deus o tenha.

    — Oh, mas que situação... não me disse nada, Firmina!...

    — Não — eu sorri. Reparava pela primeira vez nesse moço de olhos castanhos. — Realmente. Eu não contei.

    — Oh, e como ela haveria de se lembrar de mim?... ela estava muito interessada em estudar, e eu era apenas um rapaz tímido andando como sombra atrás do primo da senhora, dona Henriqueta... o Sotero dos Reis, meu professor do liceu...

    — Que coisa formidável — ele se levantou, e eu sorri, achando a situação engraçada. Estávamos na casa da minha tia, e ele havia parado ali, com problemas no arreio do cavalo. Ia da vila em direção ao Engenho Santo Antônio.

    — Mas que coisa este arreio. O nosso Sebastião vai arrumá-lo em um instante. Enquanto isso, proseamos...

    — Meu pai se lembrava da senhora, dona Henriqueta. Sempre a teve na mais alta conta...

— Oh, que Deus o tenha, Dr. Augusto... O Capitão Januário. Que grande perda!...

— Sem dúvida...

— E o senhor agora é quem cuida do Engenho?...

— Sim, senhora. Minha irmã se casou e foi morar em um algodoal na Baixada Maranhense... perto de Viana...

— Sei, já ouvi falar. E o senhor, não vai se casar não? Não demore tanto...

Ele sorriu, levemente desconcertado. Acho que fiquei roxa de vergonha.

— Ainda não encontrei uma moça que queira me suportar, senhora.

— Oh, logo o senhor encontra — minha tia riu-se. — Espero que não demore demais.

Soltei com alívio o ar preso nos pulmões ali ao lado da estátua do Gonçalves Dias, exatamente como fiz naquela tarde. Naquela minha vida de freirinha, salvo os poucos jantares e saraus dos quais havia participado, eu me envergonhava com facilidade.

Minha tia falou do tempo, das chuvas, da vila, da capital, da Corte. Ele foi gentil e concordou com ela em todas as suas afirmações mais banais. Por fim, alguém a chamou para resolver um problema com a Mariazinha lá dentro, esta minha Mariazinha que sempre esteve comigo, e ela nos deixou por uns instantes sozinhos na sala, embora houvesse a outra escrava, a Adelaide, por perto.

— Parabéns pela persistência nos estudos, senhora.

— Obrigada. O senhor também persistiu. Devo-lhe dar os parabéns?

Ele riu-se, os olhos castanhos se iluminaram.

— Está empregada como professora. Isso é admirável

para quem outro dia pedia indicação de livros para continuar os estudos. Fiquei muito impressionado, sabe, aquele dia... com sua atitude... — Comecei a sorver as palavras dele nessa hora, como preciosidades degustativas. Ele continuou, sem notar o perigo que eu estava correndo. — O seu primo, o professor Sotero dos Reis, depois comentou um dia... que a senhora havia feito progresso... sim, fiquei admirado...

— Obrigada. Eu queria ter estudado mais.

— O que pretende agora?

— Pretendo continuar com minhas aulas. Com meus alunos. Quero estudar. Gostaria de me aprofundar nos poetas... como o Gonçalves Dias... e outros ... e... penso um dia... em escrever um romance.

— Um romance!... — ele sorriu, e o seu sorriso iluminou toda a sala da minha tia. Sobre o quê?...

— Não sei ainda — assumi uma expressão pensativa. — Sobre... escravos?...

— Escravos?... — ele riu-se, divertido — o que teria a senhora para falar deles?

— Muita coisa, decerto. Quem não tem algo a falar desse assunto no país?...

Ele deu de ombros. Entrevi a tempestade.

— São nossos trabalhadores e nos ajudam a construir nossa riqueza. Eu valorizo os meus. E pronto.

— E eu não tenho escravos, graças a Deus.

Ele riu.

— Então, quem são esses pretos que ajudam sua tia, posso saber? Se não são escravos... o que são?

— São escravos. Dela. Nunca seriam meus. E minha tia já prometeu que vai alforriá-los.

Ele arregalou os olhos e suspirou.

— Vejo que tem ideias abolicionistas. Eu devia ter suspeitado. Romance, literatura, poesia. Está infectada com a doença desses poetas. Mas há cura para muitos males, inclusive este.

— Não estou lhe pedindo remédios, senhor.

Augusto arqueou as sobrancelhas, admirado e instigado.

— Há doentes que não enxergam a própria enfermidade.

— Está aí algo que eu acho muito certo...

— Então concorda comigo sobre sua doença abolicionista?

Minha tia entrava de volta na sala nessa hora. Levantei-me, já com raiva.

— Não. Mas este país não enxerga sua própria enfermidade, que é essa instituição maldita chamada escravidão. No dia em que se enxergar, talvez comecem as mudanças.

Saí abruptamente, ainda a tempo de ver o sorriso dele e o brilho nos olhos castanhos de quem queria mais daquela discussão, de quem não desistiria mais daquela briga espetacular. Mas eu saí da primeira luta profundamente ferida, e cheguei a jurar que nunca mais trocaria duas palavras com aquele escravocrata. A vida era uma violência, mas também era doce demais. Viver variava.

Mas eu estava ao lado da estátua, naquela tarde de 1875, os pés ainda sobre areia movente. Sacudi a cabeça e dei a volta, rumo à casa da Amelinha. Eu havia prometido visitá-la, e faria isso de uma vez, para não perder completamente aquele dia. No meio do caminho, porém, lembrei-me da agremiação; ela certamente estaria lá, e eu perderia a viagem. Com um suspiro, virei a Rua de Nazaré, quando dei com a figura imponente do meu deputado bem ali, em uma conversa animada com o ambíguo jornalista e editor d'*O País*, o Temístocles Aranha, marido da minha querida Amelinha.

Este jornal dele era feito na tipografia B. De Matos, afastada um pouco do Centro da cidade, na Rua Santo Antônio, numero 24. Era muito vendido, mas a implicância com o Aranha surgira por parte do Antônio Henriques Leal, quando os dois romperam, anos atrás. Eles editavam juntos *O Publicador Maranhense*, e o jornal chegou ao fim por muitas e diversas razões, mas também porque Temístocles, segundo o que diziam, queria ser mais conservador que o jornal do Partido Conservador, *A situação*. Henriques Leal não aturaria aquilo.

Na verdade, a relação de Temístocles com a maioria dos abolicionistas era duvidosa, imprecisa. Mas o mundo estava cheio de imprecisões naquela época.

Quando *O País* começou a ser editado, em 1863, outros amigos de Henriques Leal, João Pedro Dias Vieira e Francisco José Furtado, fundaram *A Coalição* e o chamaram para colaborar, o que Henriques aceitou. *A Coalição* propunha uma união entre conservadores e liberais, o que, para ele, era um absurdo. Mas Henriques Leal continuou contribuindo com publicações neste e em outros jornais por muito tempo, embora tivesse rompido com Temístocles. Segundo ele, *O País* e o *Diário do Maranhão* representavam o pensamento dos empresários do comércio, da lavoura e da indústria. Ele não tinha nada contra empresários, mas não contribuiria ali mais.

Havia controvérsias. *O País* era um jornal abolicionista até um certo ponto. Talvez promovesse a abolição conquanto os negros continuassem no último degrau, como raça inferior, e sugeria este mote como razão para tranquilizar a elite branca de São Luís. A abolição, a tão temida emancipação, ao fim e ao cabo, não mudariam nada, e todos podiam respirar aliviados e abraçar a Causa sem medo.

Não acredito que a briga dele com Henriques havia sido por

causa disso. Havia ali outras questões que desafiavam o entendimento de qualquer um. Mas Temístocles era capaz de se aproximar mais dos conservadores, ainda que fosse pró-abolição, o que Henriques condenava. E sugeria que *O País* fazia um desfavor à Causa, o que não era de todo justo.

De fato, as edições desses jornais eram confusas em sua defesa da abolição e defendiam, sempre que possível, o pensamento conservador de Heráclito Graça, da época em que ele editara o jornal mais conservador da província, *A Situação*, com a colaboração do João da Mata de Moraes, o Luís Antônio Vieira da Silva e o Fernando Vieira de Souza. Esses últimos, obviamente, eram todos amigos do meu Augusto.

Parei assim que o vi, os pés atingiram algo finalmente sólido.

— Boa tarde, senhora. Veja, Sr. Aranha, se não é a professora de Primeiras Letras de Guimarães. Vizinha de longos anos do Engenho.

O Temístocles me cumprimentou com indulgência.

— Como vai, senhora?...

—Vou bem —. Percebi que o Augusto queria logo que eu fosse embora, mas eu não queria simplesmente passar por eles. Parei, puxei um assunto. — E que fim levou o episódio do negro de ontem?

O deputado me olhou e sorriu:

— Levou o fim que a senhora mesma viu. Que outro fim haveria de levar?

— O cumprimento da lei seria uma boa ideia.

O Temístocles se sentiu desconfortável. Ele levou a mão ao pescoço, coçando instintivamente a barba. Augusto sorriu.

— Estudei as leis, minha senhora. Não é tão fácil como parece.

— Acho mesmo que deve ser muito difícil. As leis são estranhas. Alguém pode mudá-las em uma determinada situação, se assim lhe convier...

Achei que o jornalista, que não discutiria com uma mulher, teria um ataque ali mesmo. Sentia-se agredido em nome do Augusto, eu era a prima da sua esposa, e era impressionante aquela solidariedade dele com o deputado geral, de uma compaixão comovente.

— A senhora Firmina é persistente quando se trata de defender aquilo em que acredita. Acho importante isso...

— Obrigada. Quem não é, nos tempos de hoje?... vou andando...

— Vamos juntos, se vai seguir por ali. Também estamos indo ao Largo do Carmo.

O Temístocles, que havia se calado, decerto não gostou do convite do Dr. Augusto para me acompanharem. Mas ele não tinha nenhuma escolha, como acontece com todos nós na maioria das vezes, e andou mudo como pedra ao lado do doutor e colaborador de seu jornal até chegarmos à próxima esquina. Augusto recomeçou, tão logo pôde:

— A Praça da Alegria é uma coisa triste de se ver, senhora. Acabamos de passar por lá, eu e este meu amigo. De um lado, só se vê um casebre de porta e janela, e, do outro, sabe o que vimos, apesar do Código de Posturas da cidade, defendido com tanta voracidade pelo Victor Lobato?...

Eu o fitei contra o sol da manhã e levei uma das mãos à testa. Estava muito cansada, porque afinal havia andado por muitas horas já.

— Acho que estamos indo muito rápido, Temístocles. Que falta de gentileza a minha não ter-lhe oferecido o braço...

Aceitei, com raiva. Ele prosseguiu.

— Bem...a Praça da Alegria...

— Escravos em ferros?... — perguntei, meio extasiada.

Ele riu, e o Aranha riu-se também, e vi que ambos pareciam zombar de mim daquele jeito gentil dos homens, quando põem mentalmente uma mulher no lugar de dama desavisada e inocente. Ser dama desavisada em assuntos de homens era também ser interessante, de um certo jeito, e engraçada, divertida; e com muito gosto assumi meu papel, porque também eu gostava de parecer delicada, divertida, estava cansada aliás de andar sozinha pelas ruas de São Luís em círculos e procurando aquele deputado.

E, claro, há uma mágica interessante neste lugar que os homens gostam de lhe dar, e eu sempre gostei da mágica. Naquele tempo, era como uma esteira debaixo dos meus pés sempre flutuantes. Mas havia também o incômodo de um aparador muito duro do qual eu não podia me mover nessas ocasiões. Então, eu sempre me movia do aparador, com pena sincera de deixá-lo, e voltava para minha flutuação usual. Suspirei. Pensei que, se fosse a mesma frase proferida pelo Aranha, o deputado não teria rido de mim. Tirei os pés do aparador.

— As damas têm por hábito dizerem coisas engraçadas quando se trata de política.

— Senhora!... — Augusto balançou a cabeça. — Não me leve tão a mal.

— Não levo. Mas se fosse o Victor Lobato, com a mesma pergunta...

— Eu não teria respondido com afabilidade.

— Sei — olhei ao longe um grupo de meninas mulatas pobres que brincavam com negrinhas. Uma das crianças era branca.

Estava sentada, como santa, com as mãos postas, e as outras lhe ofereciam presentes e adornavam seu cabelo castanho-claro com flores, e dançavam em torno dela.

— O deputado parou de falar, acompanhando a direção dos meus olhos. Viramos outra esquina e o Temístocles começou:

— Quanta vadiagem... onde estão essas mães?...

— Há uma lei contra isso, senhor? — eu soltei uma gargalhada divertida.

— Bom... deveria haver...

— Contra meninas brincando na rua?... é o fim.

— Senhora, trata-se de vadiagem. Essas negrinhas de hoje crescem cada vez mais soltas, e a vida de rua já lhes estraga a moral muito precocemente. Há de convir... a rua não é o melhor lugar para educar meninas...

Eu sabia que ele falava da menina branca, misturada no meio das negrinhas. Mas calei-me, pensando em algo distante.

— O problema... é a falta de escolas para essas meninas aqui na província...

Augusto me olhou, e vi naqueles olhos o moço da casa do meu tio, naquele sarau com Sotero dos Reis há tantos anos.

— Proponho uma mudança de tema — ele sorriu, e quase chegávamos ao Largo do Carmo agora. — Ainda quer saber o que há de triste na Praça da Alegria, senhora?

— Tenho até medo de perguntar... mas diga...

— Estivemos lá com fiscais. Eu e o bom Temístocles. De um lado, tudo o que se vê é um casebre de porta e janela, como eu lhe disse. Do outro... carne sendo comercializada em tábuas sujas de madeira. E isso apesar do mesmo Código que o Victor Lobato citou ontem. Um atentado à saúde de todos. É proibido comercializar carne daquele jeito e ali. E lhe digo mais, senhora...

Temístocles o interrompeu:

— Aquele lugar está jogado. No final da praça, há o Largo da Igreja dos Remédios, sem qualquer pavimentação. Logo ali! Onde acontecem as festas da padroeira dos comerciantes. Somos obrigados a ficar com as botas e os sapatos sujos, cada vez que queremos participar de algum evento naquele lugar.

— E, se o Victor Lobato faz questão que o Código de Posturas seja cumprido em São Luís, por que não escreve sobre isso? Por que não houve escândalo sobre a carne, que grande perigo pode representar à saúde de todos? ... E lhe digo mais, senhora... o mesmo Código de Posturas citado ontem delimita a venda de aves, ovos, frutas e hortaliças ao Largo das Mercês e à Praça do Açougue. Mas quantas vezes já passaram quitandeiras pelo nariz dele no Carmo e ele mesmo comprou sua mercadoria!

Revirei os olhos.

— Ele está preocupado com outras questões, senhor deputado...

— Exato!... que perspicácia. A questão dele é bem outra...

— Sim. E a dos senhores também não é outra?... ou toda a indignação é com carnes, ovos e peixes... não sei se devo acreditar...

— Senhora, se não fôssemos amigos há tanto tempo...

— O senhor conhece minha opinião. Acho a questão do Lobato a mais justa das questões.

Ele sorriu, e Temístocles soltou uma pequena gargalhada.

— Está enganada, minha cara senhora. Acaso leu o que ele escreveu n'*O País*?

— Li. Sobre a algazarra e o negro, o não cumprimento da lei... Li hoje pela manhã.

— Não, nada disso. Refiro-me à primeira vez que escreveu sobre o assunto. Há três dias, quando o negro passou lá na frente do seu jornal pela primeira vez, com o ferro ao pescoço.

— Não li...

— Pois leia — ele retirou de um dos bolsos da calça um recorte d'*O País*, entregando-me. Vi que o Temístocles fez aquela cara de sempre, quando se lembrava de que eu era professora, que eu sabia ler, que eu escrevia para os jornais.

— O que tem de mais nisso?...

—A senhora é sinceramente sensível à causa que esses idiotas defendem. Vai entender.

Li. Estremeci.

Disseram-nos que há dias viram um preto conduzindo uma carroça com um ferro ao pescoço. Castigos destes, quando se deem, devem ser no interior das casas e não em público, pois é um fato que a civilização repele.

Eu já me acostumara àquele abolicionismo do Victor Lobato, mas não imaginava que o deputado fosse sagaz a ponto de fazer disso uma arma voltada contra o jornalista.

Muita coisa estava em jogo nesses últimos anos antes da Abolição, e não valia a pena discutir minúcias. Ou todos os simpatizantes da Causa se uniam em torno da derrocada daquela Instituição, ou não conseguiríamos nada. Mas as nuances realmente eram terríveis. E vi que os conservadores as usariam contra nós, como forma de desmobilizar a luta. Era inteligente. E havia muito material disponível para que fizessem isso.

Pensei em algo perspicaz para falar, mas não havia nada em minha mente. Estava vazia e descampada como o tal Largo da Igreja dos Remédios, sem pavimento, sem iluminação. Barbárie total, contra a civilização a ser defendida a todo custo.

— Vejo que a senhora se calou...

— Estou pensando. Estávamos em frente à loja do Sr. Freitas. Outros homens foram se aproximando, e eu me despedi dele.

— Obrigada sinceramente pela companhia, senhores.

— Espere. Convide a boa Sra. Lucinda e vá com ela à reunião hoje à noite na casa do Heráclito Graça. Eu insisto.

— Obrigada... vamos ver...

— Não. Eu insisto. Em nome da boa vizinha Henriqueta, sua tia.

Sorri e os deixei. Cheguei em casa com as pernas tremendo. Acho que foi quando o meu problema no joelho começou.

Esse meu joelho está me matando. Já falei com a Mariazinha, não consigo mais andar com a mesma desenvoltura pelo jardim. Ela me prometeu que esta noite esfregará o óleo com aquela flor quina-dos-pobres aqui, e eu poderei dormir um pouco melhor. Tenho esperanças. A velhice pode até ser engraçada, senhor Cícero, mas dói também, para além do que deveria ser necessário.

Ainda bem que matei a maioria dos meus personagens quando eles eram jovens. Imagine. A Úrsula, aquela sinhazinha branca tão bonita. Imagine aquela donzela padecendo de um joelho assim, estropiado como o meu. Coitadinha. Isso não era coisa para uma mulher daquela suportar. As pessoas boas demais para este mundo têm muito é que morrer cedo mesmo. Esses meus noventa e tantos anos só me provam o que já sei... acho que o Criador está me deixando ficar, pra ver se me arrependo de algumas coisas. Por enquanto, vou ficando, na esperança de emendar. Mas sou teimosa, como dizia o Augusto. Aquele também já se foi deste mundo, e fico cá tentando entender por que tenho que durar mais que os outros. Vai ver, ele era um homem bom, apesar de toda a maldade. É preciso crer no ser humano, e penso que, se até meu pior vilão, o comendador Fernando, se converteu no fim do romance Úrsula, por que Augusto não poderia ir para o Céu? Sim, é preciso ter esperanças, mesmo quando a gente sabe que este mundo anda tão velho.

    A Mariazinha sabe me irritar quando quer. Estou há tanto tempo deitada esperando por ela, e nada. Foi à vila comprar qualquer coisa de que não precisamos, e na certa parou com as conhecidas para falar da vida alheia. Coitada. Ela tem que se distrair um pouco. Para uma velha tão velha que cuida de outra, a vida não deve ser fácil.

    Se eu estivesse no tempo do Império ainda, ao menos as amigas da Agremiação ou da Sociedade Manumissora estariam aqui contando casos acontecidos nos engenhos importantes, e eu estaria me divertindo. Era bom transitar naquelas casas, mas também doía, porque agora sei que eu nunca estive em lugar nenhum e que nunca tive amigos, e o solo sempre se moveu sob os meus pés, e hoje meus joelhos estão acabados.

    Mariazinha chegou. Sei disso porque escuto o ferrolho da porta. Tenho um ótimo ouvido ainda, apesar de não enxergar quase nada. Espero que ela tenha trazido as flores para esfregar nos meus joelhos doloridos. Ela trouxe. Está aqui, esfregando o óleo, ela cozinhou essas flores, misturou no óleo. A mistura tem um cheiro bom, um cheiro do antigamente. Acho que não vai resolver o problema dos joelhos, como a maioria das coisas da vida não se resolve com remédio. Embora o que eu tenha escutado fosse o contrário disso, sei agora que, para muitas enfermidades, não há remédio. Então, a gente tem que assumi-las, a gente tem que se lembrar delas, a gente tem que sentir a dor e depois deixar o assunto de lado.

 Minha relação com a minha mãe foi uma longa enfermidade dessas incuráveis. Não, nunca briguei com ela. Mas também nunca conversei nada com a minha mãe cor de café. Ela nunca me pôs no colo, nunca me embalou, nunca me afagou os cabelos crespos. Ela sempre sumia da minha frente como se não quisesse me ver e falava pouco, tão pouco, que, às vezes, quando ela se dirigia a mim, eu demorava a entender que era comigo o assunto. Com a Amália também era assim, coitada. Essa mãe que não conversava nada com a gente e não olhava nos nossos olhos. E a minha tia Lucinda conversava tanto. E a minha tia Henriqueta pegava a gente no colo. Mas a minha mãe tinha uns olhos vazios em qualquer ocasião como os da Amália naquela manhã no sofá. Até no dia em que eu me tornei professora, eles estavam vazios. Ela ficou feliz, mas esteve durante todo o tempo com os olhos vazios. Deve ter sido pela minha recusa ao palanquim, sempre pensei nisso depois. Ela não gostava que sujássemos os sapatos. Tenho saudades da minha mãe.

 — Deixa a mãe da senhora descansar em paz.
 — Por que ela não falava?
 — Cada um é como é, dona Firmina...
 Suspirei.
 — Eu queria que ela tivesse me contado uma história, uma vez.
 — Sua mãe, vai ver, não sabia contar história. Deixa ela.
 Deixei não. Mariazinha esfregou os joelhos com tanta delicadeza, por tanto tempo, que a dor foi sendo amortecida, minhas

pernas amoleceram, e eu sonhei a noite toda com a minha mãe, com os olhos vazios e a boca aberta, a me contar uma história sem palavras, mas que eu entendia perfeitamente lá no fundo da alma, e sentia um calor úmido no meu rosto. Quando eu a chamei e quis que me olhasse, porém, ela correu com os olhos vazios, fugiu de mim, sumiu lá longe, virou vento na areia da praia do Cuman...

****

Capítulo 7

Aqui minh'alma expande-se, e de amor
Eu sinto transportado o peito meu;
Aqui murmura o vento apaixonado,
Ali sobre uma rocha o mar gemeu.

Ajeitei-me na areia com o papel nas mãos e olhei aquela imensidão branca à minha frente. Era fácil sentir a alma expandir-se diante daquilo tudo. Eu era pequena, mas o mar cuidaria de mim. Olhei ao longe a linha do horizonte e escrevi mais duas estrofes:

E sobre a branca areia – mansamente
A onda enfraquecida exausta morre;
Além, na linha azul dos horizontes,
Ligeirinho baixel nas águas corre.

Quanta doce poesia, que me inspira
O mago encanto destas praias nuas!
Esta brisa, que afaga os meus cabelos,
Semelha o acento dessas frases tuas.

Soltei meus cabelos do penteado. Eu estava completamente sozinha, e fazia calor. Arranquei o chapéu e o deixei ao meu lado. Pensei no moço que passara cedinho na escola, ele fora me ver. Suspirei. Escrevi.

Aqui se ameigam de meu peito as dores,
Menos ardente me goteja o pranto;
Aqui, na lira maviosa e doce
Minha alma trina melodioso canto.

A mente vaga em solidões longínquas,
Pulsa meu peito, e de paixão se exalta;
Delírio vago, sedutor quebranto,
Qual belo íris, meu desejo esmalta.

Então era isso? Eu delirava?... O que o senhor rico do engenho esperava que eu pensasse quando ele apareceu na saída na escola da Vila? Até os alunos mais desavisados ficaram a olhar o cavalo dele ali parado, no alpendre da escola, cheios de curiosidade.

Eu amava aqueles alunos, verdadeiramente. Passara o primeiro ano de trabalho mergulhada em livros até as horas mais altas da madrugada e à luz de velas para preparar tudo o que pudesse para eles. Queria muito que aprendessem. Eu gostava de vê-los soletrando as letras, aprendendo a contar. E agora... o senhor Augusto aparecera na escola, me oferecendo a gentileza de uma carona em sua carruagem.

Aquilo foi estranho. Mas eu aceitei. Sentei-me ao lado dele, e fomos até a casa da tia Henriqueta assim, e sem uma palavra. Eu estava envergonhada da nossa última discussão. Ele me ajudou a descer.

— Aqui me despeço, senhora.

— Obrigada. Quanta gentileza. Não precisava ter se incomodado.

— Não foi incômodo. Foi... o melhor dos... prazeres.

O melhor dos prazeres. Eu queria para sempre o melhor dos prazeres, e comecei a esperar que ele voltasse nos outros dias. Mas ele não apareceu mais. Nem no outro dia, nem no outro, nem na semana seguinte. Senhor Augusto, por que você não veio?

Vem comigo gozar destas delícias,
Deste amor, que me inspira poesia;
Vem provar-me a ternura de tua alma,
Ao som desta poética harmonia.

Sentirás ao ruído destas águas,
Ao doce suspirar da viração,
Quanto é grato o amor aqui jurado,
Nas ribas deste mar, — na solidão.

Vem comigo gozar um só momento,
Tanta beleza a me inspirar poesia!
Ah! vem provar-me teu singelo amor
Ao som das vagas, no cair do dia.

O sol começou a se pôr no horizonte, levantei-me, recolhi meus escritos e voltei para a casa da tia Henriqueta, os sapatos sujos de areia do Cuman. Eu me sentia muito sozinha sem a Amália naquele tempo, e sentia falta da minha prima Amelinha também. Mas Amália passava agora muitos dias em São Luís na casa do meu tio, e vinha cada vez menos a Guimarães. Eu ajudava minha mãe no que era preciso, mas morava com a tia Henriqueta. De vez em quando, a escrava da tia Henriqueta, a Mariazinha, era enviada à minha mãe para ajudá-la.

Cheguei ensopada de suor à casa da tia naquela tarde, com os cabelos desfeitos, o chapéu numa das mãos, os livros na outra, o corpo moído do cansaço de ter passado aquelas horas sentada de mau jeito na praia, tentando escrever uns versos bonitos, e quase desmaiei ao ver o senhor Augusto bem acomodado na sala, proseando animadamente com minha tia sobre São Luís. Ele se levantou assim que me viu entrar.

— Firmina! — minha tia só faltou ralhar comigo por causa dos cabelos em completo desalinho.

— Oh...Senhor Augusto. Quanta honra. Sinto muito por minha aparência descuidada. Eu estava no Cuman.

— Está ótima! — ele riu-se, divertidamente. — Mas... na praia?!...

— Saí da escola e fui lá. Fui escrever uns versos — eu sorri, depositando meus livros em um aparador.

— Que coisa excelente. Quero vê-los!

— Ah...depois. Um dia. Não sei. Não fiz para mostrar para ninguém.

Ele riu-se, os olhos castanhos muito iluminados.

— Que maldade com o mundo esconder os seus versos. Não é justo. Então, por que escrever?

— Ora, escrevo para mim mesma. Não sei. Que pergunta...

Ele calou-se por algum tempo. Depois, recomeçou:

— Eu estava aqui convidando sua tia para um sarau na minha casa, lá no Engenho. Chamei algumas famílias de Guimarães, outras de São Luís, e outras de Alcântara. Gostaria muito que a senhora e sua tia fossem.

— Esse nosso vizinho é um moço gentil, Firmina.

Eu ri, muito divertidamente:

— Que reunião animada!... Mas... sinceramente, Sr. Augusto... não sei se uma professora de primeiras letras vai saber se comportar em uma reunião com pessoas que aposto que serão da maior elegância...

— A senhora é a mais elegante, pode apostar nisso — ele

me olhou, com sinceridade e respeito. — Seu primo vai também. O Sotero dos Reis. Por favor, deem-me esta alegria.

Esperei a tia Henriqueta falar. Claro que eu queria ir. Ela terminou de beber o licor de caju, que aliás oferecera também ao Augusto, e depositou o pequeno cálice na mesa.

— Nós iremos!

Eu sorri, muito feliz. Mas Augusto saiu pouco tempo depois. Fiquei no alpendre longo tempo após a partida dele, pensando se ele havia ido até nossa casa apenas como vizinho cordial que fazia um convite, ou se me estimava de um jeito especial.

Naquela noite de maio de 1875, pus meu melhor vestido e fui com a tia Lucinda à casa do Heráclito Graça. Tia Lucinda gostava muito da esposa dele, a Maria Joaquina, que vivia entregue aos cuidados de um filho doente. Eu pouco a conhecia, e detestava o marido dela por causa de suas posturas políticas no extinto jornal *A Situação,* e agora nos debates públicos.

O Dr. Heráclito Graça era um dos melhores amigos de Augusto em São Luís, haviam estudado na mesma época no liceu e depois em Recife. E ele voltava de um mandato na Corte como deputado geral. Claro, já havia sido deputado provincial também. Claro, escrevia sobre linguagem, coisas pomposas que eu achava difíceis de ler. Claro, era membro do Partido Conservador desde sempre.

Mas ele era talvez um conservador que sabia manipular as palavras e usá-las em artigos bem elaborados do *A Situação.* Homem público da política, um estudioso da linguagem e, obviamente, um escravocrata. Não apenas possuía escravos, mas defendia abertamente o direito de tê-los como propriedade, e atacava os liberais que se "arrogavam o direito de extrair propriedade privada alheia, como ladrões". A eliminação do elemento servil causaria baderna, uma ferida profunda na economia, o caos no país. Como bom maranhense, via os algodoais caírem pouco a pouco em decadência e incentivava os amigos nos engenhos de açúcar, que, segundo ele, haviam voltado para ficar, agora com técnicas modernas. Assim, obviamente, era contra a venda de escravos para o Sul do País, que, naquela época, começava a aumentar expressivamente.

Antônio Henriques Leal o detestava. Com o Temístocles Aranha ele se dava bem, mas o problema do Aranha era justamente se dar bem com todos, dizia o Henriques Leal. Assim também, este parecia ser o problema do João Pedro Dias Vieira e do Francisco José Furtado, que jogavam em todos os grupos possíveis e sabiam todos os jogos. Esses dois estavam lá naquela noite.

Fui àquela reunião com receio. Tia Lucinda era amiga da esposa do ex-deputado, a dona Maria Joaquina. O marido da tia flertara com o Partido Conservador sendo abolicionista, nunca entrando para a política de fato, acho agora que talvez lhe faltasse talento ou ânimo. Não sei.

Mas o fato é que a casa da dona Maria Joaquina estava cheia. Era muito ornamentada com coisas finas, mais bonita que a casa da tia Lucinda, com requinte que me deixava desconfortável.

Fomos recebidas com toda a polidez e educação. Tudo parecia perfeito. Fui para a sala onde estavam as mulheres, em sua conversa animada, e me surpreendi ao encontrar a dona Miranda, esposa do Dr. Tolentino. Eu não esperava vê-la ali. Mas lá estava ela, muito radiante em um novo vestido de musselina verde, em conversa animada com a dona Carolina, esposa do Henriques

Leal. E, claro, as duas filhas do João de Matta Moraes, a esposa do Fernando Vieira de Souza com suas duas meninas, a esposa do Luiz Antonio Vieira da Silva, todas as famílias dos conservadores ali reunidas e alegres, trocando ideias com dona Miranda e dona Carolina, na maior afabilidade do mundo. E, ainda, a doce esposa do Temístocles Aranha, a minha prima Amelinha. Tia Lucinda ficou satisfeitíssima, podia afinal conversar com suas amigas, que se puseram a falar dos temas mais diversos da província com muita animação. E falavam também nas manumissões que ocorreriam no próximo mês, e as esposas e filhas dos conservadores sorriam como se não entendessem de nada, e o mundo fosse um brinquedo dos inocentes.

Ficamos por muito tempo ali na sala, rindo, conversando, e as negras da casa passavam apressadas com travessas de iguarias, conferiam se precisávamos de algo, ajeitavam uma almofada, apanhavam um objeto que caía, traziam uma taça que faltava, providenciavam o vinho que havia acabado. E tudo corria às mil maravilhas. Mas escurecia pouco a pouco, e íamos ficando à luz das velas, e escurecia mais, e comecei a pensar que a escuridão podia nos engolir de repente, então me senti ofegante e me pus de pé, observando o rosto muito preto das escravas. Entre elas, porém, havia duas mucamas, pareciam ser da minha cor, e uma delas, mais clara, passou perto de mim bem na hora em que eu me levantava atrapalhadamente e deixava cair no chão o leque, fazendo grande ruído no soalho do Heráclito Graça.

A mulata imediatamente se abaixou para pegar o leque e me poupou de fazer o simples movimento de apanhar um objeto caído, estendendo-o para mim sem me olhar. Tomei o leque de suas mãos e quase toquei em seus dedos sem querer. Vi que eram da cor exata dos meus, e lhe murmurei um "muito obrigada", mas, quando olhei novamente, ela já sumira da minha frente. Olhei para os lados assustada e entendi que alguém a chamara lá dentro e, em um balé silencioso, a mucama já desaparecera rumo à cozinha.

Abanei-me com o leque devolvido, mas comecei a ficar constrangida quando vi que as filhas do Fernando Vieira Souza cochichavam qualquer coisa e me olhavam fixamente. Eu as encarei e sorri, e elas sorriram de volta, então pedi à tia Lucinda para irmos embora, eu estava indisposta, mas ela queria ficar mais. Acabei saindo da sala, sem querer, e fui parar na sala ao lado, onde estavam os homens fumando. Eu queria muito ir embora daquela casa, não me sentia bem, estava indisposta, e talvez fosse o vinho.

Entrei na sala dos homens, algumas mulheres começavam a migrar para lá também, pois chegara aquele momento da festa em que as pessoas se misturavam mais, e os assuntos eram permitidos a todos, mas eu queria muito me vingar de alguma coisa que nem sabia o que era, então queria um assunto na roda que não fosse ameno, sim, eu queria ver a cara das filhas do Fernando Vieira Souza, mas eu não podia lançar um assunto assim, nem devia tomar a palavra.

Esperei alguém mexer comigo, o que era raríssimo nessas ocasiões. Todos conversavam, eu tinha que sorrir e ser amável e gentil, mas ninguém me dirigia muito a palavra, eu não tinha muita coisa afinal que fosse de interesse público. Ainda mais naquele dia. As moças mais jovens não me conheciam, e eu pus na cabeça que elas pensavam alguma coisa ruim e perversa, mas tentei me controlar. Para minha sorte, o Henriques Leal se dirigiu a mim publicamente:

— É uma pena que outras mulheres não escrevam como dona Maria Firmina! São Luís merece muitas escritoras!

Eu estava de frente para as meninas do Fernando Vieira de Souza, e uma delas bateu duas palmas de alegria:

— Mas como pode uma mucama saber escrever?... — Papai, que coisa estupenda!

A menina não fizera por mal. Ela só falara a partir de seu conhecimento. Todos temos um conhecimento de mundo. E o mundo de alguns é do tamanho do seu engenho, ou de um caroço de caju.

Houve um silêncio constrangedor na sala, mas o Fernando Vieira se Souza, pai da Ana Célia, explicou para a filha por que ninguém batia palmas para sua exclamação.

— Minha querida... pensei que tivessem sido apresentadas lá dentro... — e ele me encarou, com raiva, como se eu tivesse culpa daquela confusão que a filha acabara de fazer. Sim, mas ele estava certo. A culpa era minha, fui concluir muito tempo depois. Por que eu estava ali?

— Está tudo bem, senhor — eu disse, timidamente. Tia Lucinda estava muito constrangida para dizer qualquer coisa. Os olhos do Augusto haviam ficado estáticos. Eu mesma teria que salvar a situação. — A confusão que a jovem Ana Célia fez é perfeitamente compreensível.

— Que coisa grave não termos apresentado dona Maria Firmina a todos propriamente —. A esposa do Dr. Tolentino, dona Miranda, tentou jogar um bálsamo nos ânimos, que aliás era o que sabia fazer de melhor. Notei que o senhor Fernando continuava a me olhar com olhos furiosos, injetados de indignação profunda. Eu tinha alguma culpa naquela história. Mas eu já havia aliviado a questão. Talvez ele esperasse que eu dissesse mais do que aquilo. O que ele queria?... que eu me desculpasse com todos e com a filha dele em especial por ter estudos, por ser livre?

Calei-me, e não sei que rumos a conversa tomou pelos próximos minutos. Eu não escutava nada e, embora visse que as pessoas continuavam a falar, eu não estava mais ali, porque havia flutuado para um lugar estranho, um outro lugar muito longe daquele, onde meu corpo perdia os contornos e parecia indecisa nódoa espectral em um fundo escuro. Quando voltei e senti meus pés no chão, o Augusto estava se dirigindo a mim, com uma de suas provocações.

— Com tantos temas tão interessantes!... O que me diz, senhora?

Eu acabara de voltar ali. Vi que as pessoas conversavam alegremente, que o clima tranquilo havia sido restaurado, e até a moça Ana Célia já se ria com a sua irmã de qualquer outra coisa.

— Desculpe-me, não o escutei, senhor.

— Eu lhe perguntava sobre um tema para um outro livro. Desta vez, poderia ser sobre um pobre senhor de engenho explorado por escravos malvados e donzelas perversas.

Temístocles Aranha riu, e até o Antônio Henrique Leal achou graça. Era engraçado como estavam todos tão afáveis entre si naquela noite. Eu daria ao Augusto o que ele merecia como resposta:

— Não, senhor deputado. Este livro aí deixarei para o senhor escrever.

Ninguém conseguiu conter o riso. Nem mesmo o deputado geral. Nem mesmo eu.

A noite foi boa, engraçada, e se passou tranquila depois daquele episódio. Mas, dias depois, a confusão da Ana Célia ainda me assombrava a ponto de me causar certa falta de ar. Levei muitos anos para não me sentir atingida por aquelas palavras. Até hoje, confesso, quando me lembro daquela noite, meus olhos têm uma vontade de chorar...

Capítulo 8

Fiquei poucos dias em São Luís naquele ano de 1875. Eu estava cansada demais depois da festa na casa do Heráclito Graça e queria logo o meu refúgio em Guimarães. Assim, decidi que ficaria na casa da tia Lucinda só mais uns dias e que, logo que possível, pegaria a embarcação com destino a Guimarães.

Ocupei uma cadeira confortável da sala após o desjejum com meus livros, e pretendia passar ali boas horas, em companhia de mim mesma. A tia havia saído cedo para uma reunião na Igreja de Nossa Senhora dos Remédios, e, naturalmente, quis muito que eu a acompanhasse, mas consegui me esquivar com algumas desculpas. Ela almoçaria na casa do senhor Francisco Brandão, havia insistido bastante, Firmina, por que você não vem, é uma oportunidade tão boa de ficar com esses nossos amigos, a filha dele é uma menina adorável e parece que vai seguir seu caminho, quer ser professora, imagine só, que graça, ela tem apenas quatorze anos e já lê com tanta desenvoltura em francês que encanta muitos cavalheiros.

Recusei com afabilidade, eu não queria ver ninguém, precisava de um tempo com os livros inclusive do senhor Brandão que estavam emprestados e que eu não poderia levar para Guimarães, minha cabeça doía levemente, eu não seria boa companhia, tia Lucinda, me perdoe.

A tia não sei se perdoaria aquilo, mas eu já era uma mulher de meia-idade como ela, e o silêncio nos envolveu após o desjejum, e a vi sair resignada com sua mucama para a Igreja de Nossa Senhora dos Remédios. Senti grande alívio de não ter ido com ela nesse dia.

Havia de fato algumas coisas interessantes que eu queria ler. O Fernando Brandão, recém-retornado de Bruxelas, trouxera escritos em francês que um seu amigo havia transcrito de um moço de nome engraçado, um tal de Kierkegaard, que escrevia sobre a agonia, o temor e o tremor. Ele falara deste livro naquela reunião na casa do Pedro Nunes Leal, e desde então minha curiosidade especialmente com o tremor fora despertada de uma forma incrível. Aquele senhor, com extrema gentileza, me prometera que deixaria na tia o livro deste jovem atormentado, e assim cumpriu, mas também deixou duas traduções francesas de dois livros de escritoras inglesas: um exemplar de *Frankenstein*, de Mary Shelley, e um exemplar de *Orgulho e preconceito*, de uma tal de Jane Austen.

Eu lia bem em francês, mas não poderia levar esses livros raros para Guimarães. Então, assim que vi a tia sair com Catarina, a mucama, sentei-me confortavelmente e abri o *Frankenstein*, lendo de uma vez muitas páginas.

O almoço foi servido pelo Justino, criado da casa, e agradeci seus cuidados comigo. Preciso falar um pouco sobre o Justino.

Ele era um homem de poucas palavras. Infelizmente, era escravo, e eu já comentara com minha tia da necessidade de alforriar seus escravos, participando da sociedade Manumissora. Aquilo era grande contradição, todas as semanas comemoravam as manumissões de escravos, e ela continuava como dona de escravos. Utilizei o excelente argumento "o que suas amigas vão pensar?", mas o fato é que também as amigas, inclusive algumas da Sociedade, não conseguiam se desfazer de suas mucamas e de seus criados de dentro de casa.

Não as culpo. Era difícil para alguém acostumado a não se abaixar sequer para pegar um leque caído no chão de repente ter que contar com trabalho assalariado. Mas havia os abolicionistas chamados de radicais.

O Celso de Magalhães convencera o pai da impropriedade do trabalho escravo, e, em suas propriedades, só havia trabalhadores assalariados agora. A dona Ana, esposa do Francisco Brandão, não possuía um só escravo, mas mucamas alforriadas que recebiam salário. E o Victor Lobato, diziam, também não possuía escravo nenhum, nem Henriques Leal. Mas, naqueles anos, muitos outros defensores da Causa ainda se diziam despreparados para assumir os riscos da alforria dos seus cativos.

Era de fato uma questão delicada. Onde eles iriam dormir? Esta era a primeira, e foi muito bem resolvida, assim propagandeava a dona Miranda, com suas mucamas. Era simples. Elas podiam morar na sua casa mesmo. Assim, suas mucamas eram tão fiéis que continuaram com ela, dormiam lá, viviam lá, mas trabalhavam com muito afinco agora que eram livres e tinham seus salários. Aos domingos, saíam para passear. Claro, durante a semana, ficavam à disposição da família da dona Miranda. Era um quadro animador o que esta senhora pintava, mas ainda assim outros se sentiam inseguros. E se ela quiser me deixar? Eu contrato uma mestiça livre, mas, e ela?... Vai ficar perdida pelo mundo, coitada. Sem proteção.

Sentei-me novamente no sofá, conversando um pouco com Justino sobre Guimarães. Ele perguntava muito de lá sempre que eu vinha a esta casa. Atrevi-me a perguntar-lhe desta vez por que ele tinha tanto interesse em minha vila. Ele mostrou-se desconcertado.

— Fale, Justino. Olhe, sente-se aqui. Fale. Juro que não conto para a tia Lucinda.

Ele sentou-se.

— Senhora Firmina... eu... tenho um grande desejo...

— Que desejo?

Ele hesitou um pouco. Depois, e acho que com certo esforço, deixou sair, em uma voz cansada.

— Queria muito ver se minha mãe ainda vive. E meus irmãos, qualquer um deles. Seria bom se estivessem lá.

— Ora... — suspirei. — E eles vivem em Guimarães? A tia Lucinda sabe disso?

— Não. Acho que não. Nunca comentei.

Olhei para baixo, meus olhos involuntariamente caíram no Frankenstein. Era uma situação estranha, porque o Justino, desde que eu me entendia por gente, trabalhava naquela casa. Ele era da minha idade, e o José Pereira o levara para São Luís quando do arremate de sua fazenda.

— Olhe, Justino... se eu puder fazer alguma coisa... minha mãe... conhece muita gente...

— Sua mãe é boa pessoa, dona Firmina. Conheço sua mãe.

— Ora, vejam... eu não sabia...

— Sua mãe era amiga da minha mãe.

— Em Guimarães? — perguntei, alegremente.

— No Engenho.

Fiquei em silêncio, meio chocada com aquela última informação. Ele percebeu e parou de falar também. Mas eu retomei o assunto, de outro jeito.

— Posso perguntar a um e outro... à minha mãe... aos alunos... Justino, você me dá o nome da sua mãe...

— De que isso adiantaria, senhora?...

— Ela... é escrava?

— Sim, senhora.

— Ora, veja bem. Tia Lucinda pode comprá-la, quem sabe?... ou... levar sua história para a sociedade manumissora... Sempre há um jeito.

Ele olhou ao longe, e talvez eu tenha imaginado que o vi sorrir.

— Não, senhora. Pra algumas coisas, não há remédio.

Calei-me, sem saber o que pensar. Ele retirou minha bandeja com o cafezinho que eu terminara.

— Desculpe falar dessas coisas com a senhora.

— Não... precisa se preocupar, Justino... sou sua amiga...

— Não. Eu sinto muito mesmo. Não... senhora... com licença...

Ele sumiu porta adentro, com a bandejinha nas mãos. Grande vertigem se abateu sobre mim, e senti meu coração diminuir e bater descompassado. Voltei ao Frankenstein, queria ver o que aconteceria com a criatura que morava com o velho no trecho em que eu parara do livro, mas as letras começaram a se transformar em borrões, e eu não podia mais ler. Deixei os livros à parte e desci do sobrado. Eu devia ter ido com a minha tia, talvez. Precisava de um pouco de ar.

Cheguei embaixo, a tarde mal começava, o movimento das charretes era intenso. Atravessei a rua em direção à Rua da Estrela, queria me distrair um pouco, mas acabei andando sem rumo pelas ruas, passando por todas as lojas e por todas as repartições da Praia Grande, e em todos os sobrados havia uma sofisticação, e os azulejos portugueses eram impressionantes, e os chafarizes estavam lindos, e as quitandeiras vendiam coisas gostosas, mas me afastava delas como podia. Caí dentro da loja do Senhor Freitas, cansada, com raiva daquele dia, sem saber ao certo por que, e acabei presenciando uma grande discussão do Celso de Magalhães com o Heráclito Graça.

Lá estavam os dois, e Freitas naturalmente tomava o partido

do Heráclito, e Celso de Magalhães estava a ponto de perder o controle, eu acho agora que estava com muito azar para me meter em todo tipo de confusão naqueles dias. Custei muito a entender o motivo da briga, que não parou com minha presença ali.

— Quero só ver. Vou já falar com o Lobato, e vamos mover um processo a esse respeito, pode aguardar, senhor Heráclito Graça.

— O senhor mova o processo que quiser, não estou interessado nesses assuntos.

— Não se faça de inocente... todos sabem que o senhor...

— Ninguém é inocente, meu jovem. Por que não fala com o Dr. Augusto Olímpio sobre o caso? Ele seria a melhor pessoa para tratar do assunto, não eu. Não estou mais na Corte, conforme sabe muito bem. Aproveite. Ele está aqui em São Luís.

— Vamos mover um processo. Pode apostar.

— Não vou gastar apostas nesses assuntos que não me dizem respeito.

— Ah. Que bom saber. Então, os assuntos da província do Maranhão não lhe dizem respeito. O senhor é um homem público e devia se envergonhar.

Neste ponto, acho que o Freitas me avistou, parada diante de umas quinquilharias.

— Boa tarde, dona Firmina.

Os cavalheiros interromperam a discussão e me olharam brevemente, cumprimentaram-me e voltaram a se atracar verbalmente.

— Escute aqui, senhor Celso de Magalhães, eu conheço seu pai e realmente lamento muito ao vê-lo tomando certas posturas...

A discussão continuava. Eu quis sair da loja, eles não davam a mínima para a minha presença, mas cheguei até o Freitas no balcão, que parecia já alheio àquilo tudo:

— Do que se trata, senhor Freitas?

— Ah... dona Firmina... nem sei como começou. Agora andamos assim. Tudo é motivo para uma boa discussão política em São Luís — ele riu discretamente. — Parece que estamos todos divididos ao meio... e não sei quando isso acaba... Olha... não sei mesmo... qualquer coisa na casa da sua prima... dona Amélia...

Meu sangue gelou imediatamente nas veias.

— Mas como?!... Não estou sabendo de nada!

— Ah... também não sei dos pormenores... uma tragédia...

Ele percebeu que eu desconhecia qualquer tragédia recente, e continuou arrumando o balcão sem se importar muito em me dar explicações.

Decidi então sair do círculo que me isolava dos dois senhores e me intrometi na conversa sem nenhuma cerimônia.

— Senhores, sinto muito... do que se trata? O que houve na casa da minha prima?

Eles se calaram, e Heráclito Graça parecia furioso com minha interrupção. Cumprimentou-me brevemente e pediu licença, deu-nos as costas e saiu da loja.

Celso de Magalhães deu um soco no ar.

— Que grande...

— O que houve?

— Desculpe, senhora... não respeitei sua presença... quase...

— Não tem importância — sempre fiz concessões, o que era um erro. — Diga lá o que houve.

Percebi o embaraço dele então, para falar do ocorrido. Tinha a ver com a Amelinha.

— Admiro-me que a senhora não tenha sido informada...

— Não estou sabendo. Por favor. Estou ficando aflita, senhor Magalhães. Alguma coisa com a saúde de Amelinha?

— Não, não se aflija. Nada de importante assim. Ela está bem, apesar de constrangida com o que se passou. A diligência está lá... na casa do Temístocles Aranha e... investigadores...

— Pelo amor de Deus!

Ele entendeu meu desespero e finalmente parou de dar voltas no assunto:

— A negra forra, aquela que perdeu a filha há uns meses no Cais... a dona Amélia tinha acolhido essa negra em casa,... e parece... que se enforcou.

— Parece?...

— É o que tudo indica, senhora. Realmente sinto muito.

— Obrigada. Mas... a briga...

Fiquei por uns minutos sem entender o que realmente se passara entre Celso de Magalhães e o Heráclito Graça. Mas o Freitas, querendo logo pôr fim àquela conversa, intrometeu-se:

— Havia uma outra escrava na casa, recém-comprada do Manoel Joaquim Fernandes, para a dona Amélia. Essa cafuza... a Raimunda. Ela também se enforcou, e a briga é porque, segundo Celso de Magalhães, a mulher se matou porque seu marido e filhos foram vendidos de Turiaçu para o Rio de Janeiro. O Temístocles Aranha agora quer mover uma ação contra o Manoel Joaquim Fernandes...

Não entendi muito bem os fatos, mas compreendi o tamanho da tragédia. Celso de Magalhães se despediu de mim e saiu, rapidamente, da loja do Freitas, mas eu saí logo atrás dele, não podia ficar ali naquela loja, tia Lucinda devia estar muito chateada.

Fui direto à casa da prima, que era a casa do Temístocles Aranha. Havia grande movimento de investigadores da polícia, e os corpos das duas negras já estavam sendo levados para o enterro, sem velório, sem reza, sem encomenda.

Vislumbrei muitos negros em volta do local com rostos curiosos, algumas crianças, uma multidão de meninas e algumas senhoras que tentavam entrar, queriam ver como a Amelinha estava. Vi entre os curiosos o Victor Lobato, que me chamou assim que me reconheceu tentando chegar à porta do sobrado.

— Senhora! Dona Firmina!...

— Fiquei sabendo agora há pouco e ainda não entendo direito, senhor Lobato... Tem notícias da minha prima?

— Não, não... mas vim assim que pude. Vou dar todo o apoio necessário ao Aranha para processarmos o Manoel Fernandes.

— Sim, mas...

— Ele vendeu os filhos e o marido da pobre Raimunda.

— De Turiaçu?...

— O Temístocles ia comprar a família dela... já tinha prometido... já tinha combinado com o Manoel...

Olhei ao longe a confusão de mulheres mestiças que cochichavam e choravam, algumas eram amigas de Raimunda.

— A lei de 1871 é uma palhaçada.

— Senhora!...

— Espero mesmo que haja processo contra o Manoel Fernandes. Torço muito!

Virei-me e entrei na casa do Temístocles. Lá dentro, tive dificuldades para encontrar a Amelinha. A casa estava cheia de homens da polícia e jornalistas amigos do Temístocles. Confesso que olhei em volta, e meus olhos passearam à procura da tragédia, mas não vi nenhum dos corpos das duas negras. O Bento, escravo do Temístocles que me abriu a porta, tinha os olhos inchados e o rosto bem abatido.

— Sua Tia Lucinda está com a dona Amelinha lá dentro da outra sala, dona Firmina.

Agradeci, com um aceno, e passei pelos homens. Ouvi então o nome do meu deputado geral ser pronunciado por um dos inspetores da polícia:

— A petição deve ser encaminhada ao Dr. Augusto Olímpio Gomes de Castro. Melhor mão para levá-la não haverá.

Sim, acho que Augusto sempre esteve por toda parte. Ele tinha esse horrível dom da onipresença.

Segui o meu caminho até a sala indicada por Bento e entrei abruptamente, encontrando a prima sentada ao lado da tia Lucinda e um amontoado de senhoras com elas. Dona Miranda segurava a mão de dona Carolina, e várias da agremiação que estiveram reunidas na Igreja Nossa Senhora dos Remédios pela manhã haviam ido para lá ao saberem do fato.

A confusão havia começado, depois fiquei sabendo, quando uma negra invadiu a igreja correndo e aos berros, falando assim sem nenhuma cerimônia em solo sagrado dos enforcamentos da Raimunda e da negra forra. Amelinha então caíra desmaiada, e até o padre fora chamado às pressas e retirado da casa paroquial para acudir a senhora branca e calar os berros da negra desesperada. Depois, a maioria das senhoras da agremiação foi com ela para casa, e o padre também teria ido, mas precisou almoçar com o bispo, que estava em plena visita pastoral, e prometeu passar lá à tarde, para dar conforto à pobre Amelinha e ao bom Temístocles, que recentemente havia inclusive doado boa quantia para o reparo do teto da casa paroquial.

Assim, quando cheguei à sala, a maioria das senhoras estavam lá, aos suspiros de lamento. Junto delas, pude ver João Pedro

Dias Vieira e Francisco José Furtado, dois amigos do Temístocles, aqueles editores do falecido jornal *A Coalição*, que acreditavam piamente na conciliação entre conservadores e liberais e, nas ho-ras vagas de sua pregação política, escreviam versos no *Semanário Maranhense*. Estavam lá os dois, como irmãos siameses, prestando exímia atenção em cada soluço da prima Amelinha e da tia Lucinda e das outras mulheres todas que rezavam seus rosários e trocavam suspiros e lamúrias. Por que a dor das senhoras brancas comovia tanto os poetas?

Sentei-me ao lado da Amelinha, e ela me deu um singelo abraço. Senti realmente não ter ido à reunião da agremiação naquela manhã.

— Sinto muito pelo que houve, Amelinha.

— Ah, minha boa Firmina... você... detesta tanto a escravidão em tudo o que fala e escreve!... tem toda razão!...

Fiquei surpresa com sua frase, mas não por muito tempo. Afinal, o momento era de comoções, mas o que viria depois? Ninguém poderia dizer. Naquele tempo, não valia a pena a gente se deixar animar tanto por tão pouco.

— A Causa é de todas nós, minha prima. Este país vai mudar.

— E olhei discretamente ao lado, bem nos olhos do José Furtado.

— Que os homens inteligentes desta nação arrumem um jeito de fazer a mudança. Mas nós a queremos com urgência!

Minha frase caiu em um silêncio profundo, como se fora sugada pelo eco dos soluços das damas da sociedade ali presentes. Sentei-me por uns instantes e ouvi uns casos tristes de outras senhoras que haviam ficado sem suas escravas, e de meninas que haviam sido mortas por suas mucamas, e de senhores que haviam sido envenenados por seus escravos, e de um escravo de ganho que teria matado seu dono a facadas em pleno domingo, dia de Nosso Senhor.

Fui à varanda e por ali fiquei, acompanhando o movimento da rua, que diminuiu com o passar das horas.

E sinto muito, sinto muito mesmo, que a dor do mundo seja um evento incômodo e insuportável, desses que custam a terminar quando você tem algo a fazer e poderia estar se dedicando às importâncias da vida, mas tem que gastar seu precioso tempo nesta dor, essa chaga que incomoda até a imaginação...

E a aflição do mundo agoniza a gente em muitos momentos, e é triste a imagem do homem amarrado ao penhasco tendo que sentir e ressentir suas entranhas sendo devoradas no cotidiano dos dias por umas aves de rapina com plumagens importantes, enquanto tinha – sim, eu acho mesmo que ele tinha – coisas melhores pra fazer. Mas ele deu o fogo ao homem, ele criou o monstro que o engolirá.

Agora, a chuva não para, acho que a água vai engolir o casebre da Mariazinha, meu Deus, esse tempo está estranho, nunca vi chover tanto em Guimarães. Sossega, Firmina, sossega, ah, então cante uma canção daquelas do antigamente. Ela canta, a minha Mariazinha, e eu escuto a voz da minha mãe, queria tanto me lembrar daquela voz, eu a escuto no meu pensamento, mas a minha mãe não cantava para mim, então esta voz aqui dentro é uma outra, não sei se está dentro ou fora, canta, Mariazinha, canta, mas ela já dormiu, e eu não tenho ânimo, mas preciso me lembrar antes que esse sonho volte e eu fique desmembrada, não quero esse pesadelo nesta noite, já me basta o medo da chuva.

Eu me lembro.

Aquela confusão de 1868. Foi um sofrimento de senhoras

tão grande, que deve ter rendido muitos versos e muito texto abolicionista, assim eu creio, e dou fé.

Eu estava em Guimarães e presenciei o pânico geral. As famílias correram para lá, incharam a vila, fugiam dos engenhos. Teve seu lado cômico, afinal. E o lado bom, porque o Dr. Augusto, onipresente, lá estava, tentando resolver todos os problemas do mundo, e não conseguindo resolver nenhum. Seu filho havia nascido fazia um ano em Alcântara. A senhora Ana Rosa passava bem.

Ninguém soube dizer depois ao certo como aquela coisa teria começado. A gente sabia do quilombo, da existência dele lá pelos arredores de Viana. O quilombo São Benedito do Céu. A verdade é que as autoridades não estavam dispostas a lidar com aquilo, e foram deixando, deixando... até que não puderam mais evitar, e um fim teve de ser dado à confusão dos negros.

Mas estou contando do jeito errado, e minha história deveria começar do início. E acho que o início foi em 1866, quando a dona Olímpia Francisca Correa Borralho, da Fazenda Santa Bárbara, chamou as autoridades competentes para lidar com um problema que havia fugido ao seu controle. Ela tinha um vizinho incômodo, o tal refúgio dos negros.

O quilombo São Benedito do Céu estava ficando mais populoso a cada dia, e muitos eram os que fugiam de algodoais e engenhos e corriam para lá. O acesso era difícil, o mato espesso, cheio de perigos e ameaças ao sangue branco, que poderia sucumbir na tentativa de estabelecer a ordem na região. Então, acho que por isso e por outras razões urgentes que requeriam a atuação da diligência em lugares mais civilizados, a ordem na região foi esquecida, e o quilombo cresceu e prosperou, na falta de melhor termo, e com a graça de São Benedito, segundo os quilombolas.

Acontece que o atrevimento dos negros foi ficando grande, e cada vez mais aconteciam fugas nas fazendas vizinhas, sendo o quilombo São Benedito do Céu a direção certa de todos os desesperados que se aventuravam pelas matas da Baixada Maranhense. Nessa direção certa, os atalhos à noite podiam ser incertos, e no meio do caminho havia a fazenda da dona Olímpia, coitada.

E, por fim, aconteceu. Dois fugitivos de uma outra fazenda das proximidades, com destino ao quilombo além do algodoal da dona Olímpia, de repente se confundiram nas trilhas, perderam o rumo e foram parar na sua plantação. Disseram os mais exagerados que os negros passaram o dia amoitados entre os pés de algodão e arroz, e, por fim, quando a noite caiu, tentaram seguir caminho para o quilombo, mas de novo andaram em torno da fazenda em trilhas que não chegaram à terra prometida. Voltaram ao algodoal na manhã seguinte.

Um escravo de dentro os viu bem cedo, e os escondeu dentro da casa-grande, porque o feitor já passaria encaminhando todos às plantações, balaios à cintura, chapéus aparando o sol, pés descalços duros como tábuas de madeira. Mas esse escravo de dentro, educado e bem vestido, era o Raphael.

Raphael, pelo que dizem, era muito querido da dona Olímpia. Mulato muito claro, o Raphael era um desses bebês misteriosos que apareciam de repente das entranhas de uma mucama, tão clarinhos de fazer pena mandá-los à senzala. Desde novinho, ele inspirou, assim, com aquela tez quase branca, cuidados especiais do senhor e lágrimas camufladas nos olhos da senhora, que entretanto se afeiçoou ao menino, movimento que ficou inclusive mais fácil com a morte acidental da mucama mãe dele.

Raphael foi criado com os filhos do senhor, dentro de casa,

com todo o cuidado e apreço dos meninos do senhor. Era ótimo ter Raphael nas brincadeiras infantis. Ele era poucos anos mais novo que os meninos da senhora Olímpia, e alguns anos mais velho que sua filha Carlota. Assim, os meninos cresceram felizes naquele algodoal próspero, onde parecia correr leite e mel, tamanha a abundância de iguarias, bordados, móveis de jacarandá, vestidos de seda nos baús e algodão nos cestos dos escravos.

Raphael era um parceiro especial de brincadeiras, porque era terrível para as crianças brancas às vezes ter que brincar sem um escravo amigo que pudesse servir de cavalo quando fosse necessário, ou apanhar a bola que caiu muito longe quando o sol estava forte, ou ceder sua vez porque a outra pessoa queria repetir a jogada, ou tirar sua camisa e trocar caso a sua rasgasse quando você pulava uma cerca, ou tomar conta dos cavalos enquanto você se refrescava no rio, porque estava calor e não havia uma árvore por perto onde amarrá-los, e ninguém estava disposto a se revezar nesse trabalho. Todos adoravam o Raphael.

Dona Olímpia era bondosa e também amava o menino, sempre o vestira, nunca deixara nada faltar a ele, os vizinhos comentavam da caridade dessa bondosa senhora, que, mesmo após a morte do senhor, cuidava dele com toda a atenção. Raphael ficou na fazenda.

Os meninos se foram, em casamentos vantajosos, e a menina Carlota ficou, esperando ainda um noivo que fosse interessante para o bem de todos e a prosperidade das plantações. Talvez o problema tenha começado aí, porque as pessoas comentavam muito dos dois, em uma amizade muito próxima, a andarem sozinhos pelos matos, além do algodoal, enquanto a dona Olímpia estava ocupada nos seus afazeres de dona da fazenda.

Vai ver, Raphael começou a se sentir muito à vontade na

fazenda Santa Bárbara depois que o senhor morreu e que os sinhozinhos se foram. Montava um cavalo e selava outro para a sinhazinha, e lá se iam os dois, sem mucama, o Raphael dizia que cuidava dela como "sua irmãzinha", e ela gostava tanto e voltava tão corada daqueles passeios, que dona Olímpia ia deixando, coitada.

Até que apareceu finalmente um noivo, e a dona Olímpia marcou o casamento da filha, quanta alegria na fazenda. Mas o Raphael tornou-se cabisbaixo, era compreensível, ia perder a companhia da amiga que era "como uma irmãzinha", ele não se conformava. E Carlota estava animada com o casamento, gostara do moço fazendeiro de Viana, e ria-se muito do Raphael, dizendo a ele que não se preocupasse, que ia convencer o noivo e a mãe a deixarem que o levasse como dote ou presente ou lembrança da fazenda, e nessas horas dizem que os olhos do escravo brilhavam muito, ele a abraçava e a erguia no ar pela cintura, e os dois riam muito e voltavam a correr felizes pelos campos cultivados.

Foram-se passando os dias, e Carlota tornava-se mais ansiosa com os preparativos, cada vez com menos tempo para as caminhadas ou cavalgadas com Raphael, que quase não tinha tarefa para fazer, e então passava os dias melancólico e pensando muito no sinhozinho novo.

E então, em uma bela tarde seca, chegou um presente para a Carlota lá da fazenda do sinhozinho. Era um baú cheio de coisas maravilhosas. O sinhozinho em pessoa vinha trazê-lo para a noiva, e as mucamas olhavam curiosas aquele baú enorme na sege e a noiva com o rosto radiante, dona Olímpia quase às lágrimas, afinal, ser uma viúva em uma fazenda não era fácil, e ela estava casando a única filha sozinha. O sinhozinho sorriu, sempre simpático, e desceu em um pulo ágil ao chão, aproximando-se de Carlota.

— Minha querida noiva, trouxe-lhe um baú como presente, e quero muito que escolha dentre o que estiver aqui algo para usar no nosso casamento.

Carlota sorriu, muito feliz. Ele era bonito e lhe fazia galanteios, além de ser doutor e ter um engenho muito cheio de modernidades. Raphael observava a cena distraidamente, encostado na parede da casa-grande. O sinhozinho então o chamou:

— Raphael, ajude-me por favor aqui com este baú.

O mulato foi. Mas não era bom em serviço nenhum, e, sem poder evitar, deixou o baú cair na tentativa de tirá-lo da sege. Todos se assustaram com o barulho, o baú ficou intacto, mas o noivo, furioso com um possível desastre com seu presente de noivo apaixonado, imediatamente tirou o chicote da cintura e o desceu nas costas do rapaz, acabando com uma de suas melhores blusas.

Raphael nunca tinha apanhado. Mas teve defensores.

Dona Olímpia levou as mãos aos olhos, as mucamas gritaram, e Carlota, em um ímpeto louco, agarrou a mão do agressor e gritou, chorou, implorou que o sinhozinho parasse. Mas ele talvez tenha gostado de vê-la assim, segurando-lhe o braço e rogando-lhe qualquer coisa com os olhos molhados, porque continuou mais um pouco para ver aquela menina tão recatada lhe pedindo algo com tanta vontade. Ele a empurrou levemente para fora da cena, mas ela o agarrou com força, sem se importar com a dona Olímpia, e se ajoelhou aos pés dele. Ele então parou.

Estava suado da força que fizera com o chicote, e, ofegante, levantou-a do chão, abraçando-lhe os cabelos.

— Pelo amor de Deus, senhor!... ele é como meu irmão!

— Não é seu irmão. É uma vergonha de que todos falam nos arredores, mas respeitemos a memória do seu pai, que Deus o tenha.

Dona Olímpia quase desmaiou, e Carlota, atônita, entendeu naquele momento a que viera o noivo. Todos entraram na casa-grande. Mas Raphael ficou no quadrado, de joelhos, sem nenhum ânimo para se levantar e com as costas doloridas por muito tempo, e ninguém se atreveu a chegar até ele. Havia homem na casa.

A tarde passou, o sinhozinho foi-se embora, o casamento seria a poucos dias, e Raphael tinha sumido. Carlota o procurou por todo o lado, sem sucesso. O dia amanheceu e ela não quis se levantar, e mandou buscarem o escravo, que havia desaparecido sem deixar sinal de vida. A noite chegou e o outro dia veio, e nada de Raphael em lugar nenhum, e dona Olímpia começou a ficar preocupada, não sabia o que fazer, como mandaria um feitor atrás dele, isso não cabia naquela situação. Estava ainda sem saber como proceder quando Carlota apareceu radiante na sala, falando que o rapaz tinha sido encontrado, que havia ficado tão triste, tão envergonhado, que não quisera aparecer na frente delas...

Dona Olímpia não o castigou, e arrumou-lhe roupas novas e lhe disse muito sabiamente que esquecesse o que havia se passado, que o Nosso Senhor cuidava de tudo do Céu, que a gente nunca devia alimentar sentimentos de vingança contra ninguém em nossos corações. O rapaz sorriu e se lavou, e ficou perfumado e bem vestido novamente. E lá se foram ele e Carlota em um passeio de um dia inteiro, em cavalos bem selados, até os confins do algodoal...

No dia seguinte, em lágrimas, Carlota se casava e deixava o mulato na fazenda. Ele não aceitara ir com ela, Olímpia precisaria dele ali, e assim convencera a moça e a senhora. A sinhazinha protestou, chorou, abraçou-o longamente e, ternamente, despejou muitas lágrimas no ombro dele, que parecia melancólico demais a enlaçar o corpo delgado dela com aquele vestido de noiva na frente do marido, que por fim resolveu pôr fim à cena arrastada de despedida e ir-se embora. Carlota então viu-se arrancada dos braços de Raphael e enfiada na carruagem rumo à sua nova casa, que o sinhozinho também não estava para aturar tanta mesura e choro. A carruagem sumiu na poeira da estrada, na primeira curva, lá longe, no caminho de Viana, deixando dona Olímpia em lágrimas e Raphael com um rosto pensativo.

Dizem que Carlota foi feliz com o marido, e que teve um filho que nasceu prematuro sete meses depois do casamento, embora grande e forte, e bonito como o Raphael. Ele e Carlota não se viram mais.

Mas ele mudou.

Naquela manhã do dia quatro de junho, os dois negros exaustos tremeram ao vê-lo se aproximar, porque não sabiam de que lado estaria aquele mulato. Quando ele os chamou, entretanto, e os escondeu dentro da casa, os dois lhe agradeceram muitas vezes e o chamaram para deixar aquela vida de branco de mentira e fugir também ao quilombo, convite que Raphael naturalmente recusou. Alguém tinha que cuidar da dona Olímpia.

Tudo teria sido fácil, se a noite tivesse chegado antes da diligência. Mas o dono da fazenda vizinha, de onde haviam saído os fugitivos, estava à procura dos dois fugidos como louco, e a diligência bateu à porta da casa-grande à tardinha, e Raphael abriu.

Aquele escravo mulato naquelas roupas de branco em uma província cheia de mulatos e mestiços livres e alguns poucos, mas existentes, senhores mestiços, confundia a vista das pessoas. Os encarregados da lei por um minuto não souberam com quem estavam lidando, mas afinal entenderam. Pediram a ele então que abrisse a porta, que eles fariam uma busca na casa.

E eis que Raphael os impediu, com um facão e os olhos injetados de um ódio estranho naquele sereno mulato. Dona Olímpia gritou, acho que perdeu os sentidos, os homens da lei forçaram a porta, Raphael os enfrentou, e os dois escravos fugitivos conseguiram escapar. Mas o mulato foi preso. Nunca mais ouvimos falar dele. Mas foi assim que começou o pânico por causa daquele quilombo São Benedito do Céu. Foi assim, com o Raphael e suas atitudes imprevisíveis.

****

Capítulo 9

Depois do evento na casa da dona Olímpia, tudo ficou estranho. Os negros parece que ganharam mais ânimo para fugir, e a cada dia era uma nova fuga noticiada em Viana e nos arredores. A situação foi tomando outras proporções, de modo que, no ano seguinte ao casamento de Carlota, dona Olímpia se viu em uma situação de fazer pena em todos os outros fazendeiros da região, os quais se solidarizaram e fariam tudo o que estivesse a seu alcance para ajudá-la. Infelizmente, havia pouca coisa ao alcance, e logo o que começou de fato foi uma debandada de fazendeiros apavorados para São Luís e Guimarães. Mas voltemos à fazenda Santa Bárbara no ano de 1867.

Dona Olímpia já havia perdido marido e, de certa forma, filhos e filha e, agora, o Raphael. Mas não bastou. Em uma bela tarde de julho, no dia nove, um bando de negros armados com facões entrou em sua fazenda, rendeu o feitor e os capatazes e entrou na casa-grande. No grupo, havia os que sabiam ler e escrever. Um deles, Daniel de Araújo, escreveu então uma carta às autoridades, com conteúdo direto: exigia que fossem soltos os companheiros; caso contrário, matariam a pobre dona Olímpia.

Lembro-me da recepção desta notícia em Guimarães. Tia Henriqueta tinha medo de quilombolas, embora um tio dela mesma tivesse vivido parte da vida em um quilombo. Comentavam o assunto o dia inteiro em todas as casas, mas muitos entre os meus conhecidos torciam pelo sucesso de Daniel de Araújo. E muitos, entre os que eu também conhecia, só conseguiam suspirar pensando no medo que aquela fazendeira sozinha devia estar passando. E suspiravam por ela, rezando muitos rosários.

Daniel de Araújo e o irmão, o João Antônio de Araújo, eram os líderes do movimento. O quilombo de onde partiram para o ataque à fazenda era o Santo Benedito do Céu mesmo, que contava, diziam, com muitos negros fugidos munidos de armas até os dentes, o que inviabilizava ou dificultava o avanço das tropas dos soldados.

Entretanto, a diligência de Viana, ajudada pelo Joaquim Raimundo da Cunha, que era delegado de polícia de Guimarães em 1867, conseguiu fazer um ataque surpresa ao quilombo, prendendo e transformando muito negro fugido em refém. Contra esse ataque, e pedindo de volta os prisioneiros, João Antônio e Daniel haviam coordenado aquela ocupação da fazenda de Santa Bárbara. E a dona Olímpia, diziam, passava os dias trancada sabe-se lá em que condições em meio a um bando de negros furiosos e armados. Apavorante.

Não foi, entretanto, dona Olímpia a única a causar comoção entre os fazendeiros. Uma semana depois, no dia dezesseis, o Engenho Timbó, onde morava dona Thereza Ignácio de Moraes Borges com a nora e uma neta, em Viana, foi ocupado.

O marido de dona Thereza era falecido, seu filho estava em São Luís. O Engenho estava aos cuidados dos feitores e da dona Thereza. Sua jovem nora Celestina morava com ela e tinha uma menina de pouco mais de três anos. A tia Lucinda havia conhecido esta dona Thereza em São Luís há uns anos. Era uma mulher altiva, forte, descendente de franceses e de pele bem clara. O filho dela era doutor, formado em Recife na mesma época em que Augusto se formara.

Fiquei sabendo deste episódio através de uma notícia do *Diário do Maranhão*, que levaram a Guimarães:

Os fatos ocorridos em Viana têm criado vulto aqui, a ponto de ir sentindo-se a insubordinação em algumas fazendas, que esperam talvez momento apropriado para fazer causa comum com os revoltosos que não estão muito distante deste termo, visto que declarada a insubordinação como está em Viana, Guimarães não está isenta desse mal.

A partir daí, o terror se alastrou em Guimarães e em muitas vilas e fazendas das proximidades de Viana. Várias famílias de fazendeiros começaram a chegar à minha pequena vila, e muito se falava sobre o assunto. Pelo que se dizia, os escravos agora de muitas outras fazendas estavam debandando para o quilombo São Benedito do Céu, e outro engenho próximo à Vila do Coroatá havia sido cercado. O pânico das famílias de bem era comovente.

Na fazenda da dona Thereza, as coisas não iam bem. Apavorada, Celestina escrevia ao marido, em São Luís, que os negros haviam sitiado a fazenda, e elas eram reféns na própria casa. Passavam o dia trancadas e apavoradas, ela, a sogra e a criança. Do lado de fora, ouviam o batuque incessante, os risos, a dança e as palavras ditas com aspereza. Até mesmo dentre as mucamas de dentro, a maioria havia se juntado aos revoltosos. Àquela altura, os feitores estavam enforcados em uma árvore qualquer do Engenho, a cana apodrecia nos pés, as fogueiras queimavam dia e noite no pátio, as senzalas ficavam abertas. O mundo havia se tornado um caos.

O marido de Celestina, o Dr. José de Moraes Borges, ainda em São Luís, ficou em um estado lastimoso. Obviamente, todas as famílias se tornaram solidárias, e torciam para que aquilo logo chegasse ao fim. Até mesmo abolicionistas como o Celso de Magalhães lastimavam o ocorrido, mas desculpavam em seus comentários a raça negra, que precisaria embranquecer para evoluir. A barbárie teria fim no progresso que viria no próximo século com o fim da escravidão e a vinda dos imigrantes europeus. A civilização triunfaria.

Mas, naqueles dias, e enquanto a civilização se demorava a triunfar, as fogueiras iluminavam os pátios e as senzalas abertas do Engenho Timbó. O Dr. José de Moraes Borges queria a todo custo ir até lá em resgate de suas três mulheres, mas as autoridades competentes o seguraram, era perigoso, tinha de haver uma estratégia.

Ele esperou pacientemente a elaboração de uma estratégia durante dois dias inteiros, e no terceiro dia recebeu uma carta desesperada da mulher. A carta ficou famosa, minha tia Lucinda depois me contaria seu conteúdo linha por linha:

> *Meu querido e estimado esposo,*
>
> *Não sei por quanto tempo ainda irei suportar. Sua mãe, apesar de ser forte, dá sinais de fraqueza e tem constantes pontadas no coração. Sua filha chora copiosamente. Estou sozinha cuidando das duas, e nem uma mucama me restou dentro de casa. Estão todas do lado de fora agora, e passam os dias em cantos e danças com os quilombolas e nossos escravos todos. Entram e saem da casa sem avisar, não tenho nenhum único momento de paz, temo por nossa filha, mas temo também pelo que podem fazer comigo. Muitos me olham e me dizem expressões que o decoro não me permite dizer ao senhor. Ontem, um dos líderes dessa covardia sem limites comentou entre risos com um outro que queria cortar o braço de nossa filhinha para ver se o sangue dela era igual ao dos pretos. Por favor, apresse as autoridades. As fogueiras e o batuque não cessam, e tenho medo de enlouquecer...*

O Dr. José de Moraes Borges foi atrás então do deputado

provincial e amigo, o Dr.Augusto Olímpio Gomes de Castro, pedir-lhe qualquer ação política que estivesse ao seu alcance para pôr um fim ao suplício de que sua família padecia.

Não sei se José de Moraes foi também ao editor do Diário do Maranhão, mas o fato é que, no dia seguinte, lia-se a seguinte notícia, em destaque:

Chamamos a atenção das autoridades superiores para o que nos escreve de Viana o nosso correspondente e que hoje damos publicidade. Os sustos em maior ou menor escala se repetem todos os anos sem que se tome uma medida, que, extirpando o mal, leve a tranquilidade àquelas populações. Dizimada como está a população do interior da província, na comarca de Viana há muitas fazendas distantes de 5,8 e 10 léguas dos centros populosos, inteiramente à mercê dos quilombolas, e Viana devia ter constantemente forte destacamento de soldados comandados por um oficial enérgico e experimentado: isso seria suficiente para conter em respeito os quilombolas, pois sabem muito bem que o povo está sempre pronto a auxiliar a tropa para atacá-los. Tão forte e respeitável se torna então a força assim organizada, quão débil sendo o povo só por si que se arme para o mesmo fim. É preciso que o governo olhe para isto com muita atenção: esperemos que dos senhores presidente da província e chefe de polícia partam medidas que ponham termo a este estado de coisas.

Eu estava, como disse antes, em Guimarães durante toda aquela confusão, tranquila a lecionar na escola. Estava com quarenta e cinco anos, e nutria esperanças mais fortes no fim do elemento servil ainda naquela década, após a repercussão da Guerra Civil norte-americana. Outras ilusões da mocidade já haviam se dissipado.

Augusto apareceu em Guimarães para acalmar os ânimos das famílias desesperadas que fugiam de seus engenhos e algodoais. Era importante que todos voltassem às suas fazendas, ou a província seria tomada pela desordem. Encontrei-me com ele na casa da tia Henriqueta, quando voltava de uma oração na Capela de José, pelas famílias envolvidas nos ataques quilombolas. Ao vê-lo tenso, sentado no sofá da tia, lendo para ela alguns jornais de São Luís, percebi que aquele não seria um encontro fácil.

Ele se levantou quando eu entrei, mas não sorriu. Estava cansado, os olhos, fundos.

— Boa-tarde, Dr. Augusto Olímpio Gomes de Castro. Quanta honra, tia Henriqueta. A cidade está cheia de famílias importantes, e ele vem aqui nos ver.

Eu passava por uma fase muito ácida com ele, que duraria ainda alguns anos nessa época.

— Senhora, tenho muito gosto em visitar minhas vizinhas de tanto tempo. Como tem passado sua mãe?... e sua irmã?

— Otimamente. Para quem não tem fazenda, a vida anda igual.

— Sei... — ele sorriu — não se comoveu com as histórias que sei que tem ouvido de tantas famílias dos arredores de Viana?

Eu me sentei, de cabeça baixa, como aluna indisciplinada apanhada no meio de uma má ação. A tia Henriqueta pediu licença e se retirou, não gostava de fazer sala para o deputado provincial, e já estava há muito tempo ali com ele, a ouvir notícias. Queria ir dar ordens à Mariazinha, que, depois da morte da filha, andava cabisbaixa pelos cantos e atrasando o serviço da casa.

Ele esperou que a tia saísse.

— Firmina...

— Não, por favor. Não consigo. Não desta vez.

— Por que me abandonou?

E ele disse aquilo com tanta ternura, que me deixei navegar em seus olhos. Só um pouquinho.

— Como vai a dona Ana Rosa?... E seu filho?... Ouvi dizerem... que agora o senhor é pai.

— Sou sim — ele sorriu. — O mais feliz dos pais. Meu filho é lindo, Firmina. E saudável.

— Eu acredito nisso — sorri, sinceramente feliz por ele. — O que faz em Guimarães nessa confusão? Por que não está em Alcântara com sua família?

— Arrumei um pretexto para vê-la.

Eu não queria, mas sorri, e vi que ele adorou a movência que conseguiu fazer dentro de mim, cujos reflexos devem ter aparecido no meu rosto.

— Está uma confusão em Guimarães... as pessoas parecem desesperadas demais, na minha opinião...

Ele sorriu. Vi que ia começar:

— A senhora não sabe o que é uma invasão a uma fazenda, minha doce Firmina. Não tem ideia do pavor, do medo, da repulsa... do que tudo pode significar, especialmente para uma mulher.

— Não para mim — eu ri, muito deliciosamente. — Tem algo muito engraçado nisso tudo, senhor Augusto... tem sim...

— Posso saber o quê?... Não vejo razão para rir da desgraça de pessoas inocentes...

Pisquei um olho e ri mais um pouco. Eu queria talvez me vingar ao menos um pouquinho daquele homem, e não pouparia esforços.

— A ideia é essa... e eles estão conseguindo...

— A ideia?...

— Vocês estão cheios de medo, Augusto. Essa é a ideia. E está funcionando.

Augusto calou-se por instantes, meio desapontado, embora soubesse o que esperar de mim. A próxima coisa que ele disse foi com voz grave, olhando nos meus olhos:

— Vamos esmagá-los, Firmina. Um a um. Não sobrará nada.

O ar faltou nos meus pulmões, e levantei-me, o peito arfando levemente. Ele riu muito enquanto eu pedia à Adelaide que me trouxesse uma jarra de água fresca. Meu deputado recomeçou:

— Nunca sei de que lado está... ou melhor... sempre sei...

Eu cheguei à sala com a jarra e uma bandeja, e entreguei uma taça a ele. E a jarra.

— E a Adelaide?

— Está lá fora... eu posso lhe servir a água. Ou o senhor deputado pode ser gentil e me servir.

— Vou lhe servir, neste caso — ele derramou água na minha taça e na dele, e bebemos. — Está melhor?

— Sim — dei uma volta pela sala e sentei-me. Ele sentou-se de frente para mim. — Tenho pena sincera dos quilombolas, apesar da violência dos últimos dias, que naturalmente não aprovo ...

— Veja bem o que vai dizer — ele me interrompeu. — Veja bem o que está defendendo.

— Não sou advogada de ninguém, mas... —. Pensei em um jeito de dizer aquilo a ele. Notei que Augusto devorava meu rosto com os olhos. — Experimente passar a vida trancafiado, sem perspectivas de sair. Experimente ter que viver e trabalhar de sol a sol para enriquecer outra pessoa, experimente... ver seu filho... o Augusto, que você já ama tanto, vendido...

— Firmina...

— Não. Deixe-me acabar —. Levantei a mão, e ele se calou. — Experimente ver sua mulher vendida a um dono... que abusa dela. Experimente olhar o sol nascer e se pôr todos os dias sobre a dor de não saber onde estão seus pais... seus irmãos...

— Ele me encarou, muito sério, e sorriu.

— O que foi?... Por que está sorrindo?

— Porque seus argumentos... tudo o que me diz... é justo. Esses argumentos estão certos.

— Mas...

— Mas eles não são como nós, Firmina. Uns nascem para ter fazendas; outros, para arar a terra.

Senti o sangue ferver em minhas veias.

— Não me inclua no seu "nós". O senhor aliás nunca me incluiu no seu grupinho.

Eu ia me levantar, havia ficado furiosa, mas ele segurou uma de minhas mãos.

— A culpa de tudo isso é do incentivo que os abolicionistas dão a essa gente... a esses... criminosos...

— Não! A culpa é... da ignorância dos sentimentos, meu Deus. Que tristeza, Augusto, que é gostar do senhor...

Ele não esperou outra oportunidade. Puxou-me para junto de si. Senti imediatamente meu corpo todo corresponder ao dele. Eu queria muito e sempre o corpo dele, mas eu estava chateada demais com aquela briga e o empurrei.

— Não, senhor. Talvez eu não seja como você.

A resolução do problema do quilombo de São Benedito do Céu não foi rápida, mas foi eficaz, pelo que ouvi em Guimarães. Após algumas tentativas, a diligência do Capitão Travassos, de

Viana, conseguiu retomar o controle da fazenda do Timbó. Mas retomaram apenas na terceira ou quarta incursão.

Nas duas primeiras tentativas, os soldados do destacamento foram surpreendidos com balas, e muitos morreram, outros ficaram feridos, e alguns correram desesperados pelas matas que circundavam a fazenda. A notícia da derrota dos soldados se espalhou e animou outros escravos, e muitos mais se ajuntaram na fazenda e no quilombo. Foi como um pouquinho de água para animar as labaredas do que já era um fogaréu.

Os jornais noticiaram o caos, e muitas outras fazendas foram abandonadas na Baixada Maranhense, e a vila de Guimarães ficou ainda mais cheia de famílias que comoviam a todos com sua história de diáspora forçada. O deputado provincial andava de um lado para o outro na vila, com fazendeiros apavorados, e tentava convencê-los a voltarem às fazendas. O esvaziamento da região só aumentava o perigo de um levante maior, e neste ponto ele estava certo. Escravos e até homens livres de Viana foram se ajuntar aos quilombolas. A situação pedia medidas enérgicas.

O Capitão Travassos fez então uma petição formal e, com um pouco de influência, conseguiu muitos reforços. Finalmente, e após alguma peleja, entrou na fazenda, libertando-a dos quilombolas. O que ele encontrou lá assustou muito os mais ortodoxos.

A dona Thereza, fora as palpitações do coração, sobreviveu bem ao cerco, e a criança de colo também parecia alegre e saudável, embora um tanto assustada, o que era de se esperar. Mas a dona Celestina... talvez nunca mais tenha sido a mesma. Saiu de lá com uns olhos de morta-viva, e permaneceu com esse olhar por muito tempo ainda, e com a mente completamente vazia. Lembro-me de tê-la encontrado uma vez na casa do Dr. Tolentino, em São

Luís, muitos anos depois. Ela não falava muito, e tinha uma tristeza doída no olhar. Talvez tenha servido de mote para algum poeta da província. Mas o fato é que algo a fez mudar para sempre.

Depois de retomada a fazenda, e de muitas prisões e abusos de negras quilombolas pelos soldados, o capitão Travassos cercou com seus homens o quilombo. Armaram um ataque surpresa e chegaram depois. Mas não encontraram mais nada lá. Misteriosamente, os casebres encontravam-se todos abandonados, e muitos escravos já tinham fugido pelo matagal afora. Ao sair do quilombo, desapontado, o capitão encontrou no meio de um matagal apenas um pretinho de dois anos, chorando e em grande desespero. Ele o levou, e deu de presente à dona Celestina, para que fosse, quem sabe, um companheirinho da sua filha. Mas ela não quis a criança, e a devolveu ao capitão Travassos. Não ficamos sabendo o que aconteceu ao pretinho.

Eu ouvi o assunto do menino encontrado no quilombo e comentei com a tia Henriqueta que o queria para mim. Na época, eu já tinha criado a filha da Mariazinha, que morrera, e tinha adotado dois meninos de uma moça mestiça pobre que morrera de tuberculose. Comentei com alguém na escola sobre o garotinho do quilombo, mas ninguém sabia o paradeiro dele. Uma semana depois, apareceu na porta da tia Henriqueta um garoto assim, negro, com dois anos de idade, chorando, a barriga dura e grande. Eu o criei como filho, é o Benedito, mas ele me esqueceu depois que foi para o Ceará. Talvez ele ainda volte pra me visitar aqui, antes que eu apague os olhos definitivamente. Vamos esperar. O mundo anda apressado.

  Nada nunca me tirou da cabeça que aquele meu filho de criação era o pretinho do quilombo de São Benedito do Céu.

Capítulo 10

Mas eu estava na varanda da casa da prima Amelinha.

Pensei por um instante, enquanto via o movimento da rua, nos filhos da cafuza Raimunda. Sabíamos que tinham sido vendidos todos para o Rio de Janeiro. Mas teriam sido vendidos separados do pai? Suspirei, com aquela dor que às vezes causava vertigens no meu pensamento. Certamente. Eles não mantinham nem mães com os filhos, por que haveriam de conservar o pai com os filhos? A lei era realmente uma palhaçada.

Fiquei ainda por ali algum tempo, e, mesmo quando ouvi a voz de Augusto na sala, continuei na varanda. Eu sentia uma preguiça enorme do mundo, queria mesmo deitar no colo dele por algumas horas e me esquecer da minha existência, mas conhecia muito bem as consequências daqueles encontros, as vertigens tendiam a aumentar, os pés ficavam menos firmes por muitos dias seguidos, a cabeça se esquecia de coisas importantes e ficava estagnada em um ponto de onde nunca mais retornaria. Não era muito prático ceder.

De acordo com ele, não era prático pensar. Havia o que já havia, não podíamos lutar contra. Engraçado que ele lutava contra tudo o que não queria para si, mas essa nossa estranha relação ele nunca quis transformar em luta que precisasse ser vencida e exorcizada. Deixa, deixa, Firmina...

E a Firmina ia deixando, e, naquela época, eu já sabia lidar com o problema muito bem, embora às vezes ainda ficasse brigando com meu próprio pensamento, o que não valeria a pena de qualquer forma, Augusto tinha razão.

Fiquei na varanda esperando que alguma coisa acontecesse, eu não sei o que eu esperava afinal, tudo já havia acontecido. Eu queria ir embora para Guimarães. Ouvi a voz dele, e as pessoas lhe contando pormenorizadamente os fatos, ele era amigo do Temístocles Aranha, estava muito consternado pela minha prima Amelinha. E tomaria providências em relação ao processo, sim, o Aranha devia mesmo processar o Manoel Joaquim Fernandes, ele não deveria ter feito isso assim, sem avisar, estava tudo combinado já, quanta infelicidade.

Naveguei na voz dele, ele não me vira ainda, e o Temístocles repetia o nome do Dr. Augusto freneticamente, e também as senhoras se dirigiam a ele, e eu tentei buscar um ponto distante do aglomerado de pessoas, mas não conseguia transpor aquela sala e aquela varanda ou o nome dele. Sem querer, meu pensamento voou até a praia de Guimarães, e me vi novamente sozinha declamando aquele poema que depois publicaria em 1871:

> *Seu nome! é minha glória, é meu porvir,*
> *Minha esperança, e ambição é ele,*
> *Meu sonho, meu amor!*
> *Seu nome afina as cordas de minh'harpa,*
> *Exalta a minha mente, e a embriaga*
> *De poético odor.*

Respirei fundo. Mas o pensamento estava voando ainda em Guimarães.

> *Seu nome! embora vague esta minha alma*
> *Em páramos desertos, – ou medite*

Em bronca solidão:
Seu nome é minha ideia – em vão tentara
Roubar-mo alguém do peito – em vão – repito,
Seu nome é meu condão.

Quando baixar benéfico a meu leito,
Esse anjo de Deus, pálido, e triste
Amigo derradeiro.
No seu último arcar, no extremo alento,
Há de seu nome pronunciar meus lábios,
Seu nome todo inteiro!...

Não quero pensar agora nessa última estrofe. Mas, naquele dia, eu pensei muito. A escrava tinha morrido, era inevitável refletirmos cada um sobre a nossa própria morte, embora eu saiba que neste caso também havia os que pensavam na perda da propriedade. De qualquer forma, o nome do Augusto não saía da minha cabeça, eu queria ir-me embora, estava com uma preguiça terrível do que ele diria a respeito do ocorrido, porque eu já sabia que seria algo absurdo como tudo nele era absurdo sempre e em todas as ocasiões, e infelizmente eu o adorava.

Saí da varanda, olhei em volta. Temístocles estava ao lado da Amelinha, mas conversava com o deputado ainda. Ele sorriu para mim com extrema afabilidade assim que me viu. Lembrei-me de que era a primeira vez que nos víamos desde o episódio na casa do Heráclito Graça e me encolhi. Ele foi até mim:

— Que bom vê-la aqui, com sua prima, senhora. Fiquei feliz por isso.

Estávamos um pouco afastados dos outros, e pude conversar mais reservadamente com ele:

— Uma pena o que houve...

— Claro. Tem que haver um processo, neste caso.

Arqueei as sobrancelhas.

— Responda-me, Dr. Augusto Gomes de Castro, sem titubear. Qual será a motivação do processo?

Ele respirou fundo:

— O Manoel Fernandes dera a palavra. Havia um contrato verbal. Ele desrespeitou o contrato verbal, causando o infortúnio de dona Amelinha e a perda da propriedade do Temístocles Aranha.

Fiz uma careta.

— Cruel. Cruel até o fim. Sinto muito, mas tenho algo mais a lhe dizer, e vou fazer isso agora, porque estou sinceramente cansada...

Ele me interrompeu, tocando em minha mão levemente, em um gesto discreto que ninguém viu. Calei-me.

— Pare. Vamos nos ver. Vamos embora para Guimarães, para o Engenho.

— Veja bem...

— Por favor. Eu preciso voltar para Alcântara depois, e para a Corte. Por favor.

Baixei todas as minhas reservas que eu passara horas construindo:

— Por favor eu lhe digo. Eu quero vê-lo mais que tudo, Augusto, o tempo todo, e sempre...

Ele sorriu, e fez um gracejo com a cabeça. Amelinha surgia ali, ao lado dele. Voltei ao assunto do processo.

— Há outro detalhe que eu botaria na lei, se fosse homem das leis... e não apenas uma mulher...

— Deixe de modéstia e fale, senhora. Quero muito ouvi-la.

Diante do incentivo público do deputado, eu aproveitei a

oportunidade. A senhora Miranda chegava à sala, e também muitas outras da Sociedade Manumissora.

— Senhor deputado, já que pede minha opinião, o que lhe agradeço muito... digo-lhe que... esta lei de 1871 foi desrespeitada. Não se podem mais separar famílias escravas.

Todos concordaram, mas eu estava na casa de Temístocles Aranha, que flertava com o Partido Conservador, e diante do deputado geral mais conservador que conhecia. Até hoje, quando me lembro do fato, parece inacreditável que eu tenha dito uma coisa daquelas. Augusto ficou levemente desconcertado:

— Decerto. A senhora tem toda a razão, embora... por motivos de convicção pessoal que não acho convenientes expor aqui... eu me preocupe muito com os rumos que este país está tomando a partir de uma lei como esta de 1871. Coisas da Regente...

O assunto virou para a Corte, e eu vi, com alívio, tia Lucinda me chamando para irmos embora.

Estou deitada há dias. Mas talvez sejam horas. Estou com a Mariazinha, isso é grande alívio para a minha velhice, de que aliás não tenho achado a mínima graça. Não, a velhice não é uma coisa engraçada. Não sei o que é, acho que uma indecisão. Às vezes, você pensa mais sobre o que não fez, outras vezes, no que fez. No fim das contas, não sei bem o que vale a pena. Talvez tudo valesse a pena se a gente pudesse dançar um pouco mais na vida.

Tenho saudades de quando eu dançava sozinha na praia do Cuman. Nos saraus, nunca dancei. Sempre havia outras moças. Mas, na praia, eu dançava, às vezes com a Amália, às vezes, sozinha... eu gostava de dançar. Na casa da Amelinha, não havia muitos saraus, o que era uma pena.

Pensei agora na Raimunda, aquela cafuza da Amelinha. Eu conheci a história dela, como todo mundo acho que veio a conhecer depois que aconteceu a tragédia. A Amelinha me contou. Há desastres que infelizmente parecem ser necessários pra tirar a gente de um estado de letargia desastrosa e talvez nos pôr em movimento. É uma coisa bonita ver alguém entrar em movimento. Naquele ano, vi a Amelinha entrar em movimento, depois das mortes da Raimunda e da negra forra. Ela bateu os pezinhos com o Temístocles. E ele teve que ceder. Alforriou os escravos e os contratou com salários. E ela me contava histórias da Raimunda. Pouca coisa, mas me disse o que sabia. Eu escutei as histórias, e nunca me esqueci de que foi essa desgraça que fez a Amelinha se mover.

Outras histórias da Raimunda acabei ouvindo do Justino. Ele a conhecera também. Coitado. Até hoje, não sei se o Justino algum dia voltou a Guimarães a tempo de encontrar viva a sua mãe, porque a tia Lucinda nunca alforriou ninguém, nem com toda a insistência da Amelinha. A fazenda do marido já se fora, ela tinha dinheiro no banco deixado pelo José Pereira, tinha até uma quantia boa, mas os escravos eram seu patrimônio, e ela só tinha quatro. Como se desfaria deles de uma hora pra outra? Há enfermidades de fato sem remédio.

Mas a Raimunda. Ela não queria ter filhos com o marido. E tomou umas ervas durante muito tempo para não engravidar. Raimunda sabia fazer planos, e combinara com ele um esquema excelente: eles trabalhariam por alguns anos nos dias de folga até terem o suficiente para comprar a própria alforria. E depois teriam filhos. E assim fizeram.

Infelizmente, e esta é a parte que ouvi do Justino, o dono dela, o Manoel Fernandes, vendeu o algodoal e comprou um engenho, e lá nesse lugar novo ela não achava a tal erva que impedia a concepção de filhos, e não sabia como plantar esse remédio. Ela acabou engravidando, e teve dois filhos.

Eu podia jurar que vi a Raimunda neste quarto na noite passada. Muita gente passou a vê-la depois do acontecido, naquela época. Mas isso foi há tanto tempo, e agora ela já devia estar esquecida, mas eu a vi. Talvez tenha sido a Mariazinha, mas eu não acredito nisso. Acho mesmo que foi a Raimunda.

Há histórias que não morrem, parece que só adormecem por um tempo, e depois voltam para nos aborrecer. Espero que a Raimunda não me aborreça esta noite, estou cansada. Quero sinceramente dormir. Faço o Nome-do-Pai e peço à Mariazinha para me dar uma bênção daquelas que ela sabe fazer. Ela faz uma reza, canta e murmura, e me sinto em paz. Rezo um Padre-Nosso e dez Ave-Marias... Glória ao Pai, ao Filho e ao Espírito Santo, como era no princípio, por todos os séculos dos séculos, Amém. Descanse em Paz, Raimunda, descanse em paz...

Ela tinha muitos planos. Foi o que disse o Justino, que uma escrava contou pra ele. Mas se preocupava muito e gostava muito dos meninos, e isso não é saudável para um escravo, dona Firmina...

— Mas como uma mãe não vai amar seu filho, Justino?

— Escravo tem que amar tudo, mas um pouquinho só cada coisa...

— Isso não é amor.

Ele se calou, vi que ficou decepcionado e ferido com minha resposta. Indiretamente, eu dizia que ele não amava ninguém.

— Ei, Justino,... não me leve a mal...

— A senhora não entende... escravo tem amor... mas não devia amar como a Raimunda fez... isso não...

— O que ela fez?

— Ela gostou demais, dona Firmina. Gostou de uma coisa demais, uma coisa que não era dela. Foi isso que a destruiu...

Eu suspirei, pensei na minha história com o Augusto. Ainda bem que eu não gostava demais dele. Ainda bem.

— Então... se uma coisa não é sua... a senhora não pode amar ela demais não...

— O escravo então não pode amar o próprio filho?... É isso que está me dizendo?... Justino... como uma mãe não vai amar um filho?... Escute, tive filhos do coração. E eu os amo... imagine... imagine se eu não os amasse tanto?... Não dá, Justino. Mães amam assim.

Ele assentiu, com extrema paciência. Falou gravemente, como se estivesse em um confessionário, e eu fosse lhe dar a absolvição:

— Eu peço a Deus e aos meus vodus que a minha mãe não tenha me amado demais. É só o que eu peço todos os dias.

Ficamos em silêncio por alguns minutos.

— A Raimunda então gostava demais dos filhos?

— Sim. Ela achou que fossem dela. Levava os meninos para o quadrado da fazenda quando tinha que fazer um trabalho ali, sabe... e ela tinha uma corda. Usava a corda para amarrar cada um pela cintura e os deixava amarrados no tronco da árvore, como cachorrinhos, e eles tinham espaço para brincar, mas ela sabia que eles não iam sumir por aí enquanto ela trabalhava.

Vi o Justino ficar mais cabisbaixo, e agora duvidei se ele falava mesmo da Raimunda ou da sua mãe, perdida há tanto tempo em algum lugar de Guimarães. Ele continuava falando sobre a Raimunda, e sobre os búzios que ela sabia jogar, e jogava bem e podia lhe dizer qualquer coisa que você quisesse saber...

Imaginei os búzios e quis acreditar neles, e queria saber o que seria da minha vida. Justino continuou a falar da Raimunda, e contou mais uma infinidade de detalhes que não sei como ele absorvera dela em tão pouco tempo de convivência que eles haviam tido, mas as histórias eram tão interessantes, que, quando ele parou, eu lhe implorei que contasse mais um pouquinho sobre aquela fazenda da Raimunda, e ele me disse que não havia mais nada para me contar.

— Mas, Justino...

— Já lhe disse tudo, dona Firmina. Ela não viu a própria sorte... o Manoel Fernandes lhe falou: venha cá, Raimunda. E ela foi. Não levou mais que a roupa do corpo, e nem se despediu das crianças, porque achou que ia à cidade fazer qualquer serviço pra ele e que voltaria à noite.

Fiquei em silêncio diante da voz solene dele, que mudava mais de tom à medida que ele contava os fatos da vida da escrava, e, de repente, parecia que uma outra voz é que contava os casos, e a boca dele só se mexia involuntariamente.

— E assim ela veio parar aqui, mas estava preocupada com o espinho... de inflamar...

— Que espinho?...

— Um dos meninos dela, o mais novinho. Tinha pisado no espinho no dia em que ela veio para cá, e só ela sabia tirar direito o espinho do pezinho dele — Justino riu-se. — O menino não queria deixar ninguém tirar o espinho a não ser ela, e a Raimunda, coitada, estava muito preocupada com aquele espinho no pé do seu filho pequeno lá em Turiaçu. Só falava nesse espinho.

— Mas ela... não contou para a Amelinha?... assim... essas coisas todas?...

— Não, senhora. A dona Amelinha falou com ela no primeiro dia que em breve as crianças iam chegar em casa... e o marido... a Raimunda ficou quietinha, jogando os búzios escondida...

Calei-me, tentando imaginar a Raimunda jogando búzios. Nos poucos dias em que a vi, ela parecia tão rezadeira de rosários, que não consegui imaginá-la por muito tempo com os búzios nas mãos.

— Mas agora... — suspirei, com uma opressão doída no peito.

— Palavra de branco dada para preto é uma coisa embaraçada, senhora...

Senti um incômodo profundo. Pensei nos meninos dela, sem a mãe, e provavelmente sem o pai, em um navio, e depois sendo vendidos num leilão de escravos no Rio de Janeiro, e quase chorei.

O Justino me olhou com pena, me entregou meu lenço que eu deixara no sofá da tia:

— Não chora, sinhazinha, não chora não.

****

Capítulo 11

Três dias depois do ocorrido na casa da prima Amelinha, eu estava em Guimarães. Fui à escola, como de costume, e revi meus alunos, dei minhas aulas e voltei para a casa da tia Henriqueta tranquilamente.

Fiz isso durante uma semana, e tudo estava na mais perfeita ordem; tia Henriqueta andava feliz com a perspectiva de receber uma visita de uma prima do Ceará, minha mãe estava bem de saúde, e Amália prometera que iria me visitar ali a qualquer hora.

Naquela tarde, sentei-me na cadeira que eu usava para preparar exercícios para meus alunos e comecei a trabalhar. Trabalhei durante três horas com afinco, mas, depois desse tempo, meus sentidos começaram a navegar nas areias da praia do Cuman. E fui à praia mentalmente, e pensei em chamar a Amália para ir lá no dia seguinte comigo. Talvez ela ficasse animada. Pensei e tentei voltar aos exercícios, mas minha tia Henriqueta me chamou. Animadíssima, comentou que o deputado nosso querido vizinho enviara convite para que eu fosse lá conversar sobre a possibilidade de uma escola em Maçaricó, região próxima, dentro do engenho dele. Muitos queriam estudar nos tempos de hoje. E aquele era um excelente político preocupado com as escolas.

Eu tinha trinta e sete anos quando publiquei *Úrsula*. Estava muito excitada com a repercussão do livro em São Luís. Depois de quase dois meses de convites para saraus e jantares, eu voltava a Guimarães, ao meu sossego, ao meu refúgio. Eu estava muito feliz e com boas perspectivas naquela época. E queria ir àquela praia de Guimarães, eu queria me sentar na areia, deitar com os cabelos crespos e soltos esparramados ali, sentir a água do mar sob meus pés descalços se movendo e retirando debaixo deles a areia, me fazendo deslizar em uma giragem estranha...

Em uma tarde, após a aula, fui à praia do Cuman. Eu tinha saudades daquela imensidão branca. Tirei os sapatos e pisei na areia. Não havia ninguém por perto, então deitei por ali mesmo, e não sei quanto tempo fiquei assim como morta, o sol batendo-me de leve no rosto, os livros jogados ao lado, e uma sensação boa afinal que acalentava o corpo.

Sem querer, pensei em Augusto. Não. Eu não queria mais saber de me encontrar com ele. Sentei-me na areia e repensei toda a minha vida, desde nosso primeiro encontro na casa da tia Lucinda até as vezes em que ele me encontrara na escola, as caronas na sua carruagem, a visita inesperada na casa da minha tia e o convite para o jantar no Engenho. E o casamento dele. Quis chorar, mas, como sempre, a vontade passou rápido demais, antes de se transformar em lágrimas. Tive ímpetos de gritar, por que afinal eu tinha que ter me envolvido justamente com ele?

Peguei um graveto de árvore caído à parte e pus-me a rabiscar na areia:

Embalde, te juro, quisera fugir-te,
Negar-te os extremos de ardente paixão:
Embalde, quisera dizer-te: – não sinto
Prender-me à existência profunda afeição.

Atirei o graveto muito longe e fiquei a ler por repetidas vezes esses meus versos. Levantei-me, pisoteei na areia onde os havia escrito e fui enfiar de novo meus pés no mar. Quando voltei, não achei meus livros.

Assombrada, olhei de um canto a outro da praia sem encontrá-los, e gelei até o último fio de cabelo. Eu não podia perder aqueles livros, aqueles cadernos cheios de anotações. Corri até a trilha de onde eu viera já em grande desespero, quando vi ao longe a figura do Augusto com todo o meu material na mão e um sorriso cretino nos lábios. Suspirei.

Desde o casamento dele, nunca mais havíamos nos encontrado. Eu enfrentaria aquilo dignamente. Caminhei lentamente em sua direção na areia da praia com os sapatos nas mãos sem o menor embaraço, ele era o invasor ali, eu estava em meu recanto e não me importava mais em tentar impressioná-lo. Fui encontrá-lo já no início da trilha.

— Boa-tarde, senhora. Sinto muito por ter apanhado seus livros. Achei que estivessem completamente esquecidos...

— Não me viu adiante?

— Não. Mas... ao vê-los, imaginei que fossem seus. Eu ia devolvê-los na casa da sua tia.

Calei-me, ainda duvidando se ele não me vira realmente adiante. A praia do Cuman era descampada. Ele tinha que ser cego ou muito distraído. Talvez ele não tenha mesmo me visto.

— Bom... — eu levei a mão à testa para aparar o sol. Meus dedos estavam sujos de areia. — Pode me devolvê-los aqui mesmo. Agradeço enormemente a gentileza e a preocupação.

Ele sorriu, mas pôs o material debaixo do braço.

— Que pena. Seria um ótimo pretexto para eu visitá-la...

Naquela época, eu era mais impetuosa. Coisas de gente jovem. Depois que a vida envelhece, nossos abalos não morrem, mas acho que ganham certo pensamento.

Avancei para ele e retirei os livros debaixo do seu braço ali mesmo, com inesperada violência que o deixou atônito. Dei-lhe as costas, a sua presença me magoava profundamente, depois de anos sem uma única notícia, depois de frustrados todos os meus desejos. Eu ia mesmo deixá-lo para trás sem uma única palavra, o que teria sido péssimo, mas Augusto reteve meu braço e me puxou levemente, e vi uma montanha de gelo derreter instantaneamente:

— Eu queria muito falar-lhe a sós, senhora. Devo-lhe desculpas por...

— Não fale nada, senhor. Deixe.

— Não pense que não lhe tenho estima.

— Eu não penso isso — olhei em seus olhos — eu sei que o senhor tem. Mas...

— Mas as circunstâncias da vida...

— Essas circunstâncias têm sido cruéis desde que nasci, Dr. Augusto. Mas não pense que vão me abater. Eu continuarei existindo, continuarei navegando no meio delas, remarei nesse mesmo mar em que você navega para ter um lugar no mundo. Eu também quero um lugar.

Ele apertou os lábios, e vi pela primeira vez que estava realmente triste. Aquele brilho entusiasmado nos olhos havia ido embora.

— Ter um lugar no mundo também pode ser ruim...

Suspirei. Comecei a me questionar se eu conseguiria mesmo um lugar, e quais seriam as consequências disso:

— O senhor não sabe o que é não estar em lugar nenhum,

estando em todos. Não sabe, e nunca saberá —. Tomei-lhe uma das mãos brancas nas minhas e a levei aos lábios. Ele imediatamente me estreitou, e nos beijamos por longos minutos ali, no Cuman. Lembro-me depois de ter ficado outros longos minutos tentando limpar a areia de todos aqueles livros, mas eles ganharam umas manchas nesse dia, difíceis de serem retiradas. Fui realmente descuidada.

Dois dias depois, eu estava no engenho dele, e sentava pela primeira vez na sua saleta, tomávamos vinho do porto, eu ouvia as histórias todas da Corte e de Alcântara e sentia secreta pena dele. Augusto tentou me agradar de todas as formas possíveis e dentro das circunstâncias, e queria muito me levar para ver o canavial todo em atividade, mas eu não iria, meu limite era aquela saleta, a sala, a casa-grande, e talvez ele tenha entendido meu medo de passear pelo Engenho como receio de ser vista por muita gente ali com ele, mas eu tinha medo era de ver muita gente ali com ele sendo o dono de todos e de tudo.

Ficamos dentro da casa, e conversamos longamente nesse dia. Brigamos, claro. Ele estava entusiasmado com sua entrada para o Partido Conservador, e aquilo me enchia de profundo desdém. Defendi os liberais, e disse a ele que viveríamos para ver a Abolição no Brasil, e ele riu, divertindo-se do que chamava de meus "devaneios de escritora". Reclamou muito e duramente da lei Eusébio de Queiroz, de figuras na Corte que, sem conhecer o Brasil e o que fazia essa economia, entregavam-se a devaneios humanistas sem pé nem cabeça que trariam a ruína a todos, senhores e escravos, igualmente. Era bom que a ruína ficasse restrita só a uma parcela das pessoas, lembro-me de ter-lhe respondido assim, e ele riu muito, e eu fiquei levemente afetada, mas depois o beijei, e ficamos muito tempo abraçados.

— Uma pena termos nos afastado.

— Acho que nos aproximamos. Nascemos muito afastados. A vida nos aproximou depois.

Ele sorriu.

— Ainda bem que vê assim... podemos nos aproximar mais.

— Podemos. Só de um jeito. Que as pessoas não saibam.

— Isso. Firmina, eu lhe quero bem, acredite nisso.

— Eu acredito. Mas não foi o bastante...

— Por favor, não me diga isso.

— Não lhe direi. Não importa agora. Veja, estamos juntos.

— Sim. Podemos ficar juntos. Desse jeito. Sempre, sempre...

— Tudo bem. Mas sem promessas. Escute bem. Eu não quero que ninguém saiba. Ninguém.

Deixei que ele tomasse a iniciativa, e ele viu que eu queria muito, e tomou. Fomos ao seu quarto, lá em cima, e ele trancou a porta, fechou as cortinas, e eu andava de um lado para outro, aquele quarto era grande como a sala da tia Lucinda, e eu não sabia o que fazer. Augusto me ajudou, mas muito calmamente, e a próxima coisa que senti foram seus dedos percorrendo a linha das minhas costas até a minha nuca e puxando os meus cabelos crespos e compridos para fora do penteado, mas eles se soltaram sozinhos, vivos, e quase iam engolindo-lhe as mãos, mas ele me empurrou gentilmente na cama, e nos beijamos com voracidade até que Augusto finalmente e após algumas tentativas conseguiu rasgar a minha honra naquele dia mesmo. Ele ficou radiante; eu, completamente viciada.

Escrevi para ele um bilhete alguns dias depois desse evento, dizendo-lhe, em tom de piada, que eu precisava de doses maiores de uma droga que tinha começado a utilizar. Ele foi no dia seguinte à casa da tia Henriqueta, conversamos a sós, e Augusto me perguntou o que exatamente eu queria. Eu ri muito e depois me calei, aqueles foram dias felizes, ele estava no Engenho, e passei muitas tardes naquela casa experimentando outras substâncias ilícitas e talvez nocivas.

Augusto tinha os recortes de todos os capítulos de *Úrsula* guardados cuidadosamente na sua saleta, e mais alguns que fez questão de me mostrar, dizendo que eu era a professora mais importante da Província. Com os olhos iluminados, leu o recorte do jornal *A Moderação*, que dizia:

> ÚRSULA- *Acha-se à venda na Tipografia do progresso este romance original brasileiro, produção da exma. Sra. D. Maria Firmina dos Reis, professora pública em Guimarães. Saudamos a nossa comprovinciana pelo seu ensaio que revela de sua parte bastante ilustração; e, com mais vagar emitiremos a nossa opinião, que desde já afiançamos não será desfavorável à nossa distinta comprovinciana.*

Aquilo foi um presente maravilhoso, ver minha história e seus ecos nas mãos dele, e fiquei muito feliz, e ficamos juntos, ele me deixava conduzir toda a coisa, e acompanhava a música que eu queria cantar na sua cama.

No dia em que Augusto foi à casa da tia Henriqueta para se despedir, no entanto, brigamos. Brigar com ele já fazia parte do esperado, mas, naquele dia, as coisas esquentaram um pouco além, e hoje penso com tristeza que eu podia ter evitado aquilo. Mas meu jovem conservador era muito truculento.

— Não entendo como possa ter guardado todos os recortes dos folhetins com os capítulos do meu livro... o senhor me impressionou...

— Eu sei — ele sorriu seu lindo e perigoso sorriso. — Eu li com muito carinho.

— Hum... não terminei o que eu ia dizer... não sei como possa ter guardado e lido... e ainda assim conviva com a escravidão de uma forma tão fraterna... se bem que "fraterna", neste caso, seja uma palavra absurda...

— A senhora só olha o próprio umbigo.

— Oh!... Só eu?!... e o senhor, olha o quê, além do umbigo?... ah, eu sei, não precisa me dizer. O senhor olha os pés de cana e as plantações de algodão que o levarão ao topo.

— Firmina — ele segurou uma de minhas mãos, que eu puxei de volta.

— Não. Tia Henriqueta está bem ali fora.

— Não me leve tão a mal. Não sou o vilão que pensa.

— Eu não sei o que o senhor é. Eu nunca saberei.

Era verdade aquilo.

— Sou só um homem que vive de seu trabalho... veja bem. As coisas são como são. Não tenho culpa.

— Todos temos culpa, Augusto. E seremos cobrados por isso. Há histórias nas suas senzalas. Deveria ouvi-las.

Ele riu-se:

— Muito bonito na teoria. A senhora escuta as histórias da cozinha da sua tia?

Fiquei chocada com aquela pergunta, ele me abalara.

— Olha, não sou como o senhor. Escravocratas são como vampiros.

Ele riu ruidosamente agora, e tive vontade de lhe bater no rosto, mas me controlei.

— Acha bom as pessoas sofrerem?

— Não. A senhora sabe que não. Mas tenho responsabilidades. Tenho que produzir riqueza para este país, Firmina, enquanto você se preocupa em produzir poesia e romances folhetinescos. Que, aliás, me enchem de orgulho. Minha admiração pela senhora sempre veio de sua inteligência, sua capacidade de estudar... conversar... e de discutir comigo. Mas os devaneios devem ficar restritos aos poetas. Tenho obrigações. O que você vai vestir se a economia deste país for destruída pelo caos que os abolicionistas querem implantar?

Senti uma leve pressão no peito:

— Acha então que os Estados Unidos da América sucumbirão às trevas depois da Emancipação, que parece inevitável a essas alturas?

Ele revirou os olhos:

— Naquele país, o Norte só olha os problemas do Norte. O Sul ... tem suas questões e devia ter liberdade para decidir o que é melhor. Espero sinceramente que não haja guerra entre eles.

— Os estados do Sul querem a guerra... foi o que ouvi...

— A senhora anda bem informada.

— É o que tenho que fazer, como professora.

Ele riu. Olhou pela janela. Tia Henriqueta estava em uma conversa interminável com o Sebastião, o escravo dela que cuidava da horta, do quintal e dos bichos.

— Por que o senhor tem que ir tão cedo?

— Não posso mais ficar.

— Eu pensei que ficaria para sempre.

— Sem promessas, Firmina... Lembra-se?...

Endureci. Suspirei:

— Sem promessas. Também não vou lhe prometer nada. Não vou esperá-lo...

Vi a amargura crescer no sorriso dele:

— Eu queria que me esperasse...

— Ora, isso não seria nem um pouco justo. Não acha, doutor?

Augusto olhou ao longe, a Adelaide e a Mariazinha discutiam muito nesse dia, e o som incompreensível das vozes delas chegavam até a sala. Ele havia ficado pensativo. Remexi em meus escritos e achei uma folha de papel, que desdobrei.

— Posso ler?

— Por favor — ele saiu da nuvem onde estava e sorriu, esperando o texto. Deve ter achado que era uma provocação abolicionista. Olhei bem fundo nos seus olhos e lhe falei:

Embalde, te juro, quisera fugir-te,
Negar-te os extremos de ardente paixão:
Embalde, quisera dizer-te: – não sinto
Prender-me à existência profunda afeição.

Embalde! é loucura. Se penso um momento,
Se juro ofendida meus ferros quebrar:
Rebelde meu peito, mais ama querer-te,
Meu peito mais ama de amor delirar.

E as longas vigílias, – e os negros fantasmas,
Que os sonhos povoam, se intento dormir,
Se ameigam aos encantos, que tu me despertas,
Se posso a teu lado venturas fruir.

E as dores no peito dormentes se acalmam.
E eu julgo teu riso credor de um favor:
E eu sinto minh'alma de novo exaltar-se,
Rendida aos sublimes mistérios do amor.

> *Não digas, é crime – que amar-te não sei,*
> *Que fria te nego meus doces extremos...*
> *Eu amo adorar-te melhor do que a vida,*
> *melhor que a existência que tanto queremos.*
>
> *Deixara eu de amar-te, quisera um momento,*
> *Que a vida eu deixara também de gozar!*
> *Delírio, ou loucura – sou cega em querer-te,*
> *Sou louca... perdida, só sei te adorar.*

Terminei a leitura meio envergonhada, dobrei e entreguei o papel a ele. Vi o rosto daquele homem todo se iluminar, e ele bateu palmas antes de pegar o papel das minhas mãos trêmulas.

— Excelente.

— Muito triste, produto de muito choro naquela praia do Cuman, isso sim. Dei a esses versos o nome de *Confissão*.

Augusto riu. Rimos juntos de nossa desgraça.

— Veja bem... eu pensei em uma coisa...

— Tenho até medo de ouvir... mas vamos lá.

Ele hesitou. Vi que era algo embaraçoso, e Augusto, como bom advogado, procuraria um jeito de ser convincente:

— Fique no Engenho... a senhora pode... morar lá. Preciso que more lá...

Eu ri, sinceramente surpresa. Também me senti valorizada, claro, ele queria a minha presença no Engenho, queria me ver mais, e sempre, me senti desejada, parte dos seus planos, fosse como fosse...

Imaginei involuntariamente a cena, eu morando naquela casa grande e requintada, sentada na saleta dele, trabalhando em sua escrivaninha, lendo aqueles livros que ele tinha, dormindo naquele quarto enorme, fazendo minhas refeições na sala, olhando o trabalho de todos e tentando ser gentil com os feitores e escravos e acompanhando a produção da fazenda... e receberia meu senhor de engenho de vez em quando, quando ele viesse para casa, de São Luís ou de Alcântara, ou da Corte, cansado e fatigado de algum trabalho político importante, louco de saudades para me ver, e eu estaria lá, como senhora de engenho, à sua espera...

De repente, imensa vertigem se apossou de mim, e tive que me apoiar no parapeito da janela para não cair. Ele ficou me olhando sem saber ainda o que eu pensara da proposta. Engasguei levemente, e, quando consegui falar, foi com voz sumida.

— E o que eu faria no Engenho?... e... a escola?...

— Não precisa dar aulas. Fique lá... preciso que fique lá... — ele pensou. — Eu preciso, quem sabe, de uma pessoa lá para cuidar de tudo, a senhora é tão inteligente, pode cuidar como... uma espécie de governanta... o que me diz? Um... trabalho... sua tia entenderia.

Governanta em um Engenho sem uma família. Que desculpa esfarrapada ele arrumara pra me convencer.

— Senhor, sinto muito. Justamente por ser inteligente, recusarei, com pesar.

Augusto suspirou, levantou-se, andou pela sala indo até a porta. Percebi o descontentamento nos olhos dele.

— Quero lhe dar uma vida, Firmina...

Eu ri, olhando ao longe.

— Tenho uma vida, senhor. Tenho uma vida boa demais.

Vi naquela tarde meu Augusto ir embora cabisbaixo para Alcântara. Desejei-lhe boa viagem e um abraço sincero na sua esposa Ana Rosa. Sentei-me na minha poltrona favorita na sala da tia Henriqueta e, mentalmente, fui ao algodoal de Alcântara com ele.

Sempre pensei que a vida podia ser mais reta, pelo menos,

ou ter um mesmo calçamento que se repetisse nas curvas, de jeito uniforme. Mas, não. A gente fica tropeçando nos buracos todos múltiplos, e tem que aprender a ficar de pé e passar por cada um deles, tem que aprender o ponto de equilíbrio e da diferença de todo santo e mísero pedaço de calçamento ou buraco. Isso cansou meus joelhos, tenho certeza. Não há muito o que fazer. Mas, em 1875, essa dor só começava a se manifestar. Eu ainda tropeçava demais na diversidade dos calçamentos todos.

Lá estava eu, de volta ao engenho do Augusto, para conversar sobre a sua proposta de uma escola em Maçaricó, tropeçando de fato no caminho até a casa-grande. A carruagem havia me deixado um pouco distante do quadrado, eu insisti que andaria até a entrada da casa, dispensei o condutor, mas me arrependi amargamente.

Augusto me recebeu na sala, e sentei-me, aceitando a água e o café. Não tinha a mesma desenvoltura de antes, e quase arrebentara os sapatos no caminho até a entrada. Ele ria-se muito do meu jeito atrapalhado e impaciente com a própria inabilidade para o equilíbrio. Mas, findos os comentários sobre o calor, os sapatos quase estropiados e a velhice, eu queria ouvir a proposta da escola.

— Ah, Firmina, que bom ter vindo. Depois daquele episódio em São Luís, na casa do Temístocles Aranha...

— Vamos discutir a lei de 1871?

Ele riu.

— Não, senhora. Vamos deixar a lei de lado por um instante. Eu a chamei por outro motivo.

— Estou sinceramente ansiosa para ouvi-lo, senhor.

Ele levantou-se, andou um pouco e parou ao lado de um quadro imponente do capitão Januário Gomes de Castro, seu falecido pai.

— Tenho pensado muito na questão da educação neste país. Gostaria de ver uma escola em Maçaricó. Que tal?

Mexi-me na poltrona de encosto alto, completamente interessada no assunto.

— Acho a ideia excelente. Mas como?

— A senhora pode usar o Engenho.

— Sim, mas...

— Traga as crianças da região. Arrumo uma sala aqui... começaremos um projeto.

Meu peito arfou de felicidade.

— Augusto!... Esta é a melhor das ideias que eu já ouvi da sua boca.

Eu vi a alegria iluminar o rosto dele.

Passamos a tarde na combinação dos detalhes daquela empreitada. Eu estava muito entusiasmada, e ele também. Mas havia alguns acertos que precisavam ser resolvidos. Eu não abandonaria a escola de Guimarães, e ele sabia disso. E teria que haver dedicação àquele projeto novo. Ficamos em um impasse e sem saber como conciliar as duas escolas. Ele sugeriu a abertura dela nas férias, o que entendi que seria conveniente para nós, porque ele estaria no Engenho, e, claro, ficaríamos ali, compartilhando a fazenda naqueles meses. Mas recusei esse esquema.

Se era para abrir uma escola, tinha que ser com seriedade e compromisso, e ela não poderia funcionar só no período de férias. Ficamos por horas discutindo o assunto, sem chegarmos a nenhuma conclusão. Por fim, disse que preferia investir naquela empreitada quando me aposentasse.

Augusto ficou desapontado, eu sei, mas entendeu e não

discutiu minhas razões. Além disso, faltavam poucos anos para a minha aposentadoria.

— Veja bem, daqui a três ou quatro anos...

Ele consentiu. Ficamos assim, com o plano reformulado, mas para um horizonte próximo. Subimos e comemoramos a escola que estaria por nascer em Maçaricó no quarto dele, e foi uma celebração diferente, ele se parecia de repente um pouco comigo com aquela história toda. Depois de sorver seus amores até a última gota, deitei em seu ombro e descansei, completamente esquecida do mundo em seus calçamentos irregulares.

****

Capítulo 12

A saúde da Amelinha inspirava cuidados, e tia Lucinda mandou me chamar novamente em Guimarães. Eu não queria ir, estava cansada de São Luís naqueles dias, mas acabei tendo que me ausentar da escola por uma semana e atravessar a Baía de São Marcos novamente.

Encontrei a cidade em polvorosa com a morte por enforcamento de outra escrava, uma Luíza, que matara o bebê e em seguida se enforcara. Ninguém sabia o motivo daquela monstruosidade, mas o assunto havia saído em muitos jornais e estava em todas as casas. Este era o segundo assunto mais comentado.

O primeiro assunto em todas as rodas da cidade era o engenheiro André Rebouças e sua apreciação em um jornal da Corte sobre uma obra pública de São Luís. O engenheiro negro havia visitado em 1864 as obras feitas no Cais da Sagração e a Rampa Campos Melo, construída ao final da Rua do Trapiche na região do Porto, que era uma segunda rampa para favorecer o transporte de passageiros que chegavam das embarcações. O movimento ali era intenso.

Entretanto, o Cais da Sagração, desde 1841, vivia em obras constantes de reparo, que consumiram grande soma de dinheiro público em um problema que realmente parecia não ter solução. O Cais ainda passaria por outras reformas futuras. O engenheiro não perdoara as falhas encontradas, e publicou um parecer sobre o Cais no Rio de Janeiro:

Depois de 24 anos de trabalho, tendo consumido para mais de 200:000$, apenas existia uma muralha e uma rampa fendida em diversos pontos, cercando um pântano no qual a maré penetrava todos os dias.

André Rebouças, aquele engenheiro negro famoso da Corte, conseguira irritar muita gente importante de São Luís com sua declaração. Os engenheiros responsáveis pela obra e todos os envolvidos estavam completamente indignados, e sentiram sua competência questionada. Mas a verdade é que outros que não estavam envolvidos também ficaram melindrados, e até gente que diariamente reclamava da obra cheia de defeitos se viu ofendida. Mas a família Rebouças tinha costas largas com o imperador e sua filha, e não havia muito o que fazer. O mundo estava às avessas, esqueceram-se de avisar ao André Rebouças qual era o seu lugar.

Escutei muitos comentários a esse respeito logo que cheguei ao Cais, e, depois, na loja do Sr. Freitas, na confeitaria, ponto de encontro de jornalistas, e até na livraria Universal. Aos poucos, e a custo, eu entendia que, para além das leis existentes e escritas, de que tanto sabia meu estimado Augusto, havia outras leis, sutis, das quais a gente não podia se esquecer se quisesse transitar por caminhos variados.

— Olha, a questão não é bem essa... — ouvi o Celso de Magalhães uma vez, dez anos após esse episódio, no auge da campanha abolicionista, dizer. Existiu um tempo em que tudo isso se justificava... mas hoje... não!

— Temos que avançar. Avançar! — o Victor Lobato reforçou.

— Hoje — continuou o Magalhães — hoje, não se justifica mais a escravização de negros... em contato com os brancos, com a civilização, eles evoluíram...

Essa ideia talvez tenha sido o derradeiro golpe na instituição que tanto os repugnava. Naquela mesma semana, em abril de 1885, o Victor Lobato escreveria n'*A Pacotilha*:

> *Já é tempo de, ante a moral moderna, recompensar o negro do que fez por nós, chamando-o à vida social, lastimando que a inflexibilidade de leis naturais tornassem, no passado, necessária a sua escravidão. É uma dívida de reconhecimento que lhe pagamos – um ato de justiça, compensação do muito que por nós trabalhou como elemento poderoso de civilização. A libertação do negro, no estado presente do Brasil, é a substituição do operário que trabalhava forçado para nós, pelo associado que continuará a desenvolver a sua atividade.*

Lobato tranquilizava as elites da província, garantindo que continuariam com pessoas "a desenvolver sua atividade", mas clamava pelo fim da escravidão. Os negros haviam evoluído e continuariam em constante processo de evolução, especialmente se continuássemos recebendo imigrantes europeus e promovendo a miscigenação. Seríamos, além de evoluídos, um povo mais feliz.

Temístocles, entretanto, nunca se convencera completamente da abolição, nem nos anos mais efervescentes da nossa campanha. Era engraçado, porque ele mesmo alforriara os escravos, transformando-os em assalariados, por pressão da esposa, em 1875, após o episódio dos enforcamentos. Porém, dez anos depois, ainda se colocava como emancipacionista, declarando n'*O País* que "o mal é crônico, e só como doenças crônicas deve ser tratado". Ao menos, ele acreditava em um tratamento.

Em 1885, ainda havia os que recusavam qualquer remédio. O mundo que conhecíamos parecia prestes a desabar a qualquer momento, tamanha excitação generalizada. E havia também pânico.

Além do medo de perder a propriedade, de empobrecer – este pânico assombrava deveras as famílias dos sobrados que possuíam engenhos –, estava o terror de uma rebelião, de morte por envenenamento, de estupro, de facada à noite no Canto-Pequeno. Ninguém queria andar por lá depois de certa hora. Tudo podia acontecer, segundo Heráclito Graça, "com aquela quantidade de vagabundos que a lei de 1871 pôs na rua". Os negros batucavam até altas horas, mesmo depois da proibição, há tantos anos redigida, no Código de Posturas da cidade, e pareciam não se incomodar quando a patrulha passava por ali. Escondiam os batuques, simplesmente sumiam na praia, e, no outro dia, lá estavam novamente. A Praia Grande andava cada vez mais cheia de fogueiras que enfumaçavam o caminho. As notícias de furtos, brigas e mortes aumentavam na secção de polícia d*O Publicador Maranhense*, que trazia sempre os relatos das prisões de escravos.

Assim, na segunda-feira, os escravos Martinho e João, do capitão José Aniceto de Souza, foram presos furtando madeira de Alexandre de Moraes Rego. Na terça, Alexandre, escravo do padre Mauricio Fernandes Alves, mulato, foi castigado com seis dúzias de palmatórias e cinquenta chibatadas por furto e tentativa de estupro. Francisca, na quarta, havia sido presa por envenenar a sua senhora, e Luzia, cafuza, com a ajuda de seu marido, o José Manoel, preto forro, haviam matado a sua senhora e encontravam-se foragidos.

O pânico era crescente, e lembro-me de ter travado uma grave discussão com Augusto nessa época, na casa do Temístocles. Ele lia em voz alta a secção do Publicador Maranhense e acrescentava as tragédias de Alcântara e da Baixada Maranhense.

— Vejam bem o que estão conseguindo esses abolicionistas!

— O que estamos conseguindo?... eu ficaria feliz em saber.

— Senhora, os abolicionistas conseguiram dividir este país. Puseram os negros contra os brancos.

Revirei os olhos. Amelinha levou uma das mãos aos lábios, me pedindo silêncio. Ignorei.

— O país já estava dividido desde as caravelas, Dr. Gomes de Castro. Por que ignorar os fatos?

Ele fechou o jornal, nervoso.

— Éramos felizes. Somos um povo feliz. Os negros dos meus engenhos nunca precisaram ou quiseram fugir. O que será deles, sem dono, soltos?... O que será da nossa economia, das fazendas, da cana?

— Talvez o senhor seja o único escravocrata ainda desta região que pense isso...

— Firmina... — minha prima sussurrou. Ela não queria que eu discutisse com aquele homem que se reelegera deputado geral em 1882. Mas sempre soube que eu e Augusto vivíamos em brigas que não davam em nada. Então, calou-se, ao ver que eu não ia deixar de responder a ele. Ele puxou um pigarro.

— Não sou o único, minha senhora.

— Muitos já alforriaram seus escravos e os recontrataram como assalariados.

Ele suspirou.

— Não é uma questão de dinheiro, como a senhora pode estar pensando... é de princípios morais. Preocupo-me com eles.

— Sim. Eu sei.

— A escravidão, além disso, é um mal necessário. Se isso continuar, o país ficará mais e mais dividido, os negros não terão arreios...

— Arreios!... Arreios, doutor?

Ele se calou. Pensou um pouco e se corrigiu logo depois:
— Limites. Veja essa secção policial. Aprova a violência?
— Sabe que não. Mas vamos ver no que este país vai se tornar em breve. Vamos ver...
Ele riu, atirando ao lado o jornal. O Temístocles voltava da rua, e entrou reclamando da confusão por causa das manumissões falsificadas. Augusto quase engasgou, de tanto rir.
— Manumissões falsificadas!...
— A culpa não foi do Dr. Tolentino...
— Aquele grande imbecil, que deixa a mulher mandar nele como quer.
Eu e Amelinha nos entreolhamos. Amelinha riu com o canto dos lábios, de um jeito que só eu percebi. O Augusto continuou, inflamado:
— Sinto muito, Temístocles, esse esquema de vocês é totalmente falho, do início ao fim...
— Muitas manumissões foram reais, senhor. Muitas... mas...
— E pensar que eu estava lá na abertura oficial dessa Sociedade Manumissora do Dr. Tolentino!... e tudo não passava de uma forma de angariar dinheiro para os próprios bolsos dos emancipadores. Bando de sanguessugas da boa-fé alheia!... Libertando escravos que já eram alforriados...
— Muitas foram reais... — o Temístocles olhou ao longe. É uma pena...
Augusto levou o vinho do porto à boca e tomou um gole. Falou, em voz baixa, acusativa:
— Corruptos.
Amelinha tomou a palavra:
— Senhor doutor, não pode jogar o cesto todo de laranjas no lixo por causa de uma laranja podre.

Ele se calou, pensativo. Até hoje não sei como a Amelinha teve coragem de dizer aquilo ao meu deputado.

O escândalo das manumissões falsas realmente estourou em 1885 em São Luís. Não acredito que o Dr. Tolentino soubesse daquilo. Não sei. Mas o dinheiro era doado de boa fé e vinha das mãos de tantas pessoas... e servia à Sociedade para a compra de escravos. Eram boas as festas de manumissões. Entregávamos cartas de alforria nas datas de Santo Antônio, de São Luís, de São Benedito, de Nossa Senhora dos Remédios. E em ocasião de batizados de crianças de famílias importantes, quando havia dinheiro. Mas, agora, a Sociedade caíra em uma espécie de descrédito da cidade, por causa de boatos que, infelizmente, se comprovavam. Então, eu era obrigada a concordar com o Augusto sobre a ineficiência da Sociedade, mas por outra linha de pensamento, que ele nunca entenderia. Eu era abolicionista, não emancipacionista.

Augusto detestava a Sociedade Manumissora, e eu preferia o Clube dos rapazes a ela, o chamado Clube dos Mortos. Obviamente, ele repugnava aquilo que dizia ser: o "Clube da Baderna".

Eles se reuniam às escondidas, e montaram um mapa de São Luís com as casas que realmente eram confiáveis para desempenhar os projetos do Clube. A casa do Temístocles, claro, não entrou na lista. Mas havia outras casas, a do Antonio Henriques Leal, do Dr. Tolentino, do Victor Lobato. E dos jovens Aluísio de Azevedo e Dunshee de Abranches. E contávamos ainda com a preciosa ajuda de Adelina.

Adelina era uma mulata da minha cor, muito jovem, que sabia ler e escrever bem. Seu pai era dono da sua mãe, e vendera há pouco tempo uma fazenda de algodão nos arredores de Viana, mudando-se com a família para São Luís. Mas ele havia falido.

O José Fernandes começou então a fabricar charutos, e punha a Adelina para vendê-los o dia inteiro pelas ruas de São Luís. Ali, no Largo do Carmo, eu a via muitas vezes passando informações sigilosas ao Abranches ou ao Victor Lobato. Ela fazia todas as comunicações daquela rede ao vender seus charutos nas casas, e todos a recebiam com a maior naturalidade.

O Clube dos Mortos, do qual eu fazia parte indiretamente, promovia fugas de escravos de fazendas, e, como se isso não bastasse, escondíamos em casas de confiança os fugitivos, e o jovem Dunshee de Abranches arrumava uma maneira de levá-los a algum quilombo ou ao Ceará, estado que havia declarado a emancipação de todos em seu território naqueles meses. Porém, enquanto o fugitivo estava em São Luís, dávamos um jeito de escondê-lo em alguma casa de nossa confiança.

Para o meu estimado deputado, aquilo era demais. Eu o poupava dos detalhes das ações do Clube o quanto podia, mas ele tinha ciência delas por outras fontes, e sabia que eu estava metida em todo tipo de trabalho abolicionista, e irritou-se quando viu os rapazes do Clube usando o discurso do medo em favor da abolição no Largo do Carmo.

— Sim, os conservadores têm toda a razão, o país está um caos, as mortes são constantes, e por isso mesmo temos que pôr fim a esta Instituição, senhores. Escutemos o que diz o Sr. Joaquim Manoel de Macedo, da Corte: se os negros são hoje nossos algozes, é porque fizemos deles nossas vítimas!

Augusto, que eu via a distância ali no Largo do Carmo, enquanto o discurso do jovem Dunshee de Abranches era proferido com paixão, entendeu que os Conservadores perderiam aquela batalha. Todo e qualquer argumento os abolicionistas eram capazes de reverter a seu favor. O país estava à beira do caos.

Naqueles anos, ficamos bastante afastados. Ele estava realmente preso na Corte com um clima político tenso, e vinha pouco à província. Quando vinha, passava muitos dias com a dona Ana Rosa em Alcântara, que caíra doente, e cuja vida murchava pouco a pouco, dentro da casa da fazenda. Nossos encontros no Engenho eram muito pontuais.

Além disso, eu estava absolutamente engajada na Causa em São Luís. Ajudava com o que podia o Clube dos Mortos, e participava de outras duas agremiações abolicionistas. Mas estava preocupada com o discurso de todos agora em prol da abolição. Algo do que Augusto falara estava certo. Eu precisava discutir aquele ponto um pouco mais com ele.

Ao vê-lo nesse dia no Largo do Carmo, ao lado de Heráclito Graça, enfurecido, e Temístocles Aranha, corri até o deputado e pedi uma audiência com ele.

— Senhor deputado, se não for muito incômodo, gostaria muito mesmo que fosse à casa da tia Lucinda.

Ele sorriu, eu vi que iria.

— Amanhã à tarde.

Fui embora sem terminar de ouvir o que dizia Abranches sobre as vítimas-algozes. Dormi cedo, e, no dia seguinte, enfeitei a casa da tia Lucinda com flores frescas e pedi ao Justino que pusesse sua melhor roupa, que teríamos visita do deputado. Tia Lucinda pediu que lhe preparassem iguarias e comprou uma garrafa de vinho do porto.

Mas ele não apareceu.

Depois, fiquei sabendo que ele fora para Alcântara às pressas, que sua esposa estava morrendo. Rezei por ela e por ele na Igreja de Nossa Senhora dos Remédios. Não sei se eu era muito digna de fazer aquela oração, mas fiz com fervor. Eu lhes queria bem. Mas Deus a levou.

Fiquei por dois anos sem me encontrar com o Augusto. Passava a maioria dos meus dias nessa época em São Luís. Eu estava aposentada, e tia Henriqueta havia falecido. Minha mãe era viva, mas tinha a Amália para cuidar dela. Eu cuidava de tia Lucinda, porque Amelinha era como se vivesse ausente, desde o enforcamento da escrava.

Mas eu estava falando da Amelinha e de sua saúde, que me levaram a São Luís em 1875, me tirando do sossego de Guimarães.

A Amelinha. Passei com ela uma semana cansativa, tentando animá-la em vão e escutando o Temístocles reclamar do tal André Rebouças. Voltei a Guimarães cansada, para descobrir que meu deputado já havia voltado para a Corte.

****

Capítulo 13

— Mariazinha, vem cuidar de mim.
Ela vem. Senta-se ao meu lado, com tanta paciência, que penso em chorar. Logo desisto, como sempre. Em vez disso, peço outra história. Ela me conta... das duas meninas na praia do Cuman. As duas meninas mulatas estão brincando com seus vestidos de chita e seus cabelos compridos e cheios de caracóis. Elas brincam de deslizar com os pés na espuma que a onda faz na areia, mas não gritam alto como as meninas negras. As meninas negras têm as trancinhas espetadas e estão lá dentro do mar, molhadas até os pescoços bem pretos. Mas as duas meninas mulatas têm vestidos novos de chita, e a mãe vai ralhar muito se chegarem sujas em casa, sujas feito duas negrinhas. Elas são mulatas e têm lindos olhos escuros, nariz afilado e boca carnuda de mel. E têm a cor linda da semente do caju bem torrada. As meninas mulatas.

Elas dançam na areia do Cuman, e querem entrar na água como as meninas negras, mas aquelas negrinhas estão longe, muito longe da beira do mar. As duas meninas da beira da praia dançam e pulam, e arrumam seus longos cabelos, e os enfeitam com conchas que acham no chão. A menina branca chega, com seu vestido de chita, com seu cabelo de palha de milho seco, e brinca com as meninas mulatas. Elas dançam, e depois as negrinhas voltam para a praia, molhadas até as trancinhas espetadas. Elas têm o rosto da cor da graúna e os olhos grandes e limpos. As meninas brincam juntas, elas ensaiam os passos de uma nova dança na praia, mas as meninas mulatas não podem se molhar, e a menina branca não pode se molhar, e as meninas negras estão rindo e correm, e o sol se pôs, e as mães vão ralhar com todas elas, porque as roupas de todas as meninas estão sujas de areia.

— Dorme, dona Firmina. Dorme...

— Não posso, Mariazinha... o que aconteceu depois?

— Depois não tem. Dorme agora.

— Não consigo parar de pensar nessas duas aí. Da cor da semente de caju torrada.

Mariazinha sei que sorriu, embora eu não possa mais ver nada com os olhos.

— Dorme e sonha com a Amália, dona Firmina. Boa noite.

Sei de muitas coisas, sem as ver. Sei que ela apagou a vela e fechou a porta. Sei que está muito quente, e os grilos estão felizes em uma cantoria enlouquecida lá fora. Sei que a Amália se foi.

Ela se foi antes de ter ido embora. Pensei nas meninas mulatas na praia do Cuman. Pensei na Amália.

Vejamos, pois, esta deserta praia,
Que a meiga lua a pratear começa,
Com seu silêncio se harmoniza esta alma,
Que verga ao peso de uma sorte avessa.

Amália e eu nos separamos desde muito cedo. Ela não me queria deixar ir à casa da tia Lucinda. Ela não me deixava ir a seus passeios com o tio. E eu nunca entendera aquilo.

Depois que o tio morreu, ela mudou. Ficava mais reclusa dentro de casa, em um silêncio grande, de oprimir a gente, aquele silêncio parecido com o da minha mãe. As duas eram muito iguais, muito segredadas. Eu não fazia parte daquele mistério, e cedo fui para a casa da tia Henriqueta. Mas a Amália...

Um dia, fui ao Cuman com ela, e deitamos esquecidas da vida na areia. Foi depois do casamento do Augusto, e eu estava triste. Amália tinha os olhos vazios, e o coração parecia tão leve, a ponto de voar... Deitei-me na praia, ela deitou-se ao meu lado. Estendi a mão a ela, pedi que a segurasse. Ela segurou, sem uma palavra, sem um aceno, e acho que olhou nos meus olhos como fazia quando eu era sua irmã pequenininha. E eu chorei... tanto, que não sabia mais parar. E a Amália recolheu todas as lágrimas do mundo ali naquela areia, sem me dizer uma só palavra. E nunca conversamos sobre aquele dia.

Sobre o caixão da minha mãe, eu vi os olhos da Amália tremularem leves, e depois se fecharem, doídos. Acho que vi uma lágrima descer. Quis abraçá-la, mas ela se fora de mim. Eu abraçava só um corpo vazio, de alguém muito leve, que havia desistido de alguma coisa havia muito tempo.

—Vem, Amália. Vem morar comigo na casa da tia Henriqueta.

Ela não foi.

O sol nas trevas se envolveu, – mistérios
Encerra a noite, – ela compr'ende a dor;
Talvez o manto, que estendeu no bosque,
Encubra um peito que gemeu de amor.

Eu queria muito que ela fosse, e disse que a gente ia se divertir. Como nos velhos tempos, em Guimarães. E eu vi a Amália endurecer o rosto para mim e dizer só com os olhos que não iria. Respeitei sua decisão.

No outro ano, enterrei o corpo da Amália, ao lado da minha mãe.

Mas, ah! somente a duração dum ai
Tem esse breve devanear da mente.
Volve-se a vida, que é só pranto, e dor,
E cessa o encanto do amoroso ente.

— Deixa sossegado quem já morreu, dona Firmina. A senhora anda levantando muito defunto.

— Mariazinha, não tenho culpa.

— Ninguém tem culpa, dona Firmina, ninguém tem culpa...

Penso na mulata irmã da Adelaide, escrava da tia Henriqueta. Talvez tenha sido ela a menina do Cuman da história da Mariazinha.

— Mariazinha, que fim levou a Adelaide?

— Sei não, dona Firmina. O dia mal clareou e já está a senhora com os defuntos levantados.

Eu sorrio.

— Estou com umas vontades estranhas. Queria hoje tomar um bom licor de caju. O nosso acabou?

Há um intervalo. Mariazinha vai até a despensa, confere.

— Vou à vila, dona Firmina. Compro outro.

— Não carece, Mariazinha, se for só pra isso...

— Tenho outras coisas para fazer lá. Tem problema não. Fique quietinha aí na sua cadeira.

Eu fico. Como eu poderia sair, com esses joelhos estropiados pelo calçamento irregular dos becos da minha existência?

A Adelaide. Ela viveu como escrava só até 1875. Minha tia Henriqueta alforriou a Mariazinha e ela naquele ano. E o Sebastião

Sebastião era mudo de nascença. Nunca falou uma palavra sequer. Quando a tia entregou a carta de alforria para ele, vi aquele negro tentar balbuciar alguma coisa. Acho que era "obrigado". Ele sumiu pelo mundo. Nunca mais ouvi falar dele. Augusto, claro, tentou me deixar com culpa. Disse que a tia, por minha influência, havia jogado uma pessoa despreparada no mundo. Tudo podia acontecer com o Sebastião: ele poderia morrer de fome, roubar, matar, ser morto. E a culpa seria minha.

Rejeitei com vigor a tese daquele deputado. Mas senti sincera falta do silêncio de Sebastião no quintal da casa da tia Henriqueta.

Muita gente de São Luís deu carta de alforria a seus escravos alguns anos mais tarde, em 1887. Penso muito no fato, e acho mesmo que foi por causa do gabinete de 10 de março.

Um dos membros desse gabinete na Corte era o Vieira da Silva, homem da nossa província e dono da fazenda de algodão Rosário, no vale do Itapecuru. O Vieira da Silva enviou cartas a todos os seus amigos do Maranhão, pelo que ouvimos depois. Assim, muitos fazendeiros começaram a libertar seus escravos, porque aquilo já estava com os dias contados mesmo, e seria melhor que os fazendeiros e donos fossem os doadores das benesses, e não o governo imperial ou a luta abolicionista ou a impossibilidade daquela instituição diante do caos promovido pelos quilombos e crimes.

Arsênia Augusta Carneiro Belfort então libertou Luzia e Hercília, duas escravas, e *O País* noticiava a benesse e incentivava agora Francisca Amália de Oliveira Camargo, do Engenho Central, a libertar todos os seus cativos. Da mesma forma, foram libertos os escravos do Engenho do São Pedro e do Engenho Castelo, e de quase todas as fazendas nos vales dos rios Itapecuru, Mearim e Pindaré, e de muitas vivendas, chácaras e sítios ao longo do Caminho Novo. Poucos foram os que, como meu Augusto, resistiram até o fim.

De fato, a guerra nos jornais continuava, e iria até o descimento das cortinas em 1888. Os Centros, Associações e Agremiações abolicionistas se multiplicavam, e a irmandade formada praticamente apenas por mestiços e negros, chamada Apóstolos da Liberdade, também se manifestava nas páginas d'*O País* e de outros jornais:

> *Viva a liberdade! Viva a emancipação! Viva o povo maranhense!*
>
> *A causa abolicionista deve ser levada até o fim, para que nossa sociedade se desenvolva sem esta chaga negra, que há séculos nos persegue.*

Mas eu estava triste ainda, por muitas perdas sucessivas. Antônio Henriques Leal havia morrido em 1885, e tia Lucinda, um ano depois dele. Minha mãe e minha irmã estavam mortas. A Amelinha não parecia bem da cabeça, e Adelaide sumira no mundo. Ainda vou chegar a esse caso da Adelaide.

Lembro-me de que Augusto estava na província no mês em que saiu, do deputado provincial do Maranhão, seu amigo, a seguinte nota:

> *Quando o movimento abolicionista disser a última palavra e cair o último braço escravo, muitos poucos dos nossos pequenos fabricantes de açúcar conseguirão conservar-se. Ficarão limitados a um pequeno número de braços, com que poderão plantar, mas não moer...*

Meu estimado conservador, que também havia perdido a esposa há dois anos, acreditou que aquilo teria algum efeito, mas a causa abolicionista já estava quase decidida. Foi então que escrevi e publiquei meu conto, e dei-lhe o simples nome de "A escrava".

Ele leu e guardou o folhetim em sua coleção de publicações minhas, no Engenho. Meu conto teve efeito imediato em São Luís e em Guimarães, e contribuiu para acender mais as discussões, o que me deixou sinceramente feliz. Era melodramático demais, eu sei, mas tinha que ser daquele jeito, e eu queria só falar de separação de famílias escravas, depois do que tinha acontecido à Raimunda. E à Adelaide.

Adelaide está me rondando há dias, e não sei bem o que houve com ela depois de 1875. É um alívio que eu tenha decidido escrever de manhã, porque à tarde já não consigo mais ver nada, e a Mariazinha foi buscar um licor de caju e vai demorar. Conheço a Mariazinha, ela gosta de contar e ouvir casos das amigas. Está com mais de cem anos e ainda com essa saúde de ferro. Adelaide também era assim, gostava de casos, embora as duas nunca combinassem.

A Tia Henriqueta dera alforria a todos em 1875. O Sebastião, sem uma palavra, a não ser aquele "obrigado" que acho que ouvi, foi-se embora para nunca mais ser visto por ninguém em Guimarães. Mas a Adelaide ficou uns tempos com a gente ainda. Minha tia lhe ofereceu um salário, e ela aceitou.

Entretanto, dia após dia, ela se tornava mais aflita. Até o dia em que pegou suas coisas e falou que ia embora para São Luís, que não podia mais viver ali.

Tia Henriqueta quis mandá-la para a casa da tia Lucinda ou da Amelinha, mas ela não quis de jeito nenhum. Se fosse o caso de ficar com alguém, ficaria com a tia Henriqueta. Mas o caso não era mais de ficar, era de partir...

E, então, ela foi-se embora, assim, para sempre. E a Mariazinha ficou e contou, anos depois, a história da Adelaide para mim. Tia Henriqueta já tinha morrido, meu Benedito já havia ido embora para o Ceará, nossa menina Rosa já estava em seu caixãozinho debaixo da terra, e minhas duas meninas mestiças já eram moças feitas e moravam em Alcântara, com parentes. Minhas outras queridas meninas de criação, a Nhazinha e a Sinhá, viviam em São Luís.

A Adelaide tinha ido atrás da irmã mulata.

Adelaide nem sempre havia morado com a tia Henriqueta. Ela vinha de um engenho da Baixada Maranhense, e contava que era o engenho mais rico daquela região. Mas o fato é que a mãe dela era a escrava preferida do dono, e sua irmã nasceu muito clarinha, com o cabelo todo cacheado, como as bonecas que a gente via nas prateleiras do Sr. Freitas.

O dono, um tal de André Gonçalves, foi como pai para Adelaide também. Ele amava muito a mãe delas, e prometeu que lhes daria alforria, mas adiava aquilo ano após ano. Ele tinha medo de que a mulher fosse embora, caso visse a carta de alforria nas mãos, foi o que a Mariazinha me contou, razão em que não acredito. Para onde ela iria? Onde teria tanto conforto? Onde seria tratada pelas mucamas do fazendeiro daquele jeito?...

O fato é que ele não chegou a dar alforria para ninguém. Adiou até que morreu... e os escravos todos foram vendidos para pagar suas dívidas, que não eram poucas.

A mãe da Adelaide, que vivia como a senhora daquela fazenda, com suas duas filhas foram parar em um leilão de escravos em São Luís. Adelaide tinha vinte anos, nunca havia dormido em uma senzala, nunca havia trabalhado na vida, era servida dia e noite por mucamas da fazenda e se vestia de seda. Foi vendida para o tio José Pereira, que depois a deu para a tia Henriqueta.

O tio sabia dessa história por alto, porque vira o escândalo na hora da separação das três. A mãe delas implorou muito para ser levada junto com a menina por um fazendeiro de Alcântara, mas ele não tinha dinheiro para pagar a quantia necessária pela criança. A irmã de Adelaide tinha pouco mais de seis anos, e era a mais cara escrava daquele leilão, porque era mais clara que semente de caju. O tio José tinha o dinheiro, mas não quis levá-la. Ele não ia usar a menina para nada. E, assim, ficou a escravinha em roupas de seda no balcão, vendo Adelaide sair para um lado com o tio Pereira e a mãe dela sumir aos gritos dentro de uma embarcação rumo a Alcântara.

Era uma história doída, como a maioria das que a Mariazinha me contava. Quando ela chegou, eu estava terminando de escrevê-la, a custo, nessa cadeira onde me doem tanto os joelhos.

— Dona Firmina, seu licorzinho já está na despensa.

Agradeci, com um sorriso enorme.

— Mariazinha, que fim será que levou aquela irmã da Adelaide?...

— Não sei, dona Firmina, não sei... já está de novo a senhora a revirar gente morta do caixão...

— E Adelaide por acaso morreu?...

— Morreu não. Coitada da Adelaide. Eu brigava muito com ela.

— Ela não era fácil não...

— Não era. Mas olha... eu também não sou fácil... — ela riu, e seu rosto todo se iluminou. — Mas acho que a Adelaide está bem. Escutei outro dia que está bem.

— Ela encontrou a irmã dela, Mariazinha? Ou a mãe?...

Eu enxergava melhor nessa hora do dia, e vi o olho dela embaçar.

— Encontrou sim, minha querida. Depois daquela festa de 1888, todo mundo se achou cedo ou tarde...

Sim, foi uma coisa maravilhosa de se ver. As ruas estavam lotadas. Mas eu escapei de todos os festejos, e pedi a um vizinho que tinha sido meu aluno que me levasse a um certo lugar de charrete. Ele me levou, e foi muito gentil, a ponto de perder parte das comemorações só por causa dos caprichos de uma velha.

Fui ao Engenho do meu deputado animá-lo. Não queria vê-lo abatido, e a festa estava linda.

Muito mais linda que a festa na casa dele, há tantos anos. Aquela do início.

Mas, no dia 13, cheguei à casa-grande, e tudo parecia silencioso, estranho. Entrei na casa, ele mesmo me abriu as portas almofadadas.

— Ah. A senhora.

— Posso entrar?... desculpe-me por vir sem avisar...

— Não tem problema. Sente-se — ele se sentou de frente para mim e me tomou as mãos. — Firmina, que bom que veio aqui.

Olhei nos olhos dele, e aquilo era verdade. Mas a casa estava triste demais. Não havia mucamas, feitor, escravos, nada. Eu havia imaginado uma festa, senzalas abertas, fogueiras esparramadas pela fazenda. Não havia nada, a não ser um criado de dentro. A debandada havia sido geral.

— Augusto... — falei, olhando em seus olhos — este é um novo mundo... terá que aprender a viver nele.

— Todos nós, minha querida. Todos nós.

— Eles voltarão. Ou você contratará outros. Vai ver como tudo se ajeita.

Augusto não era homem de se abater por muito tempo. Mesmo nesse dia, eu o vi sorrir.

— Gostei do seu conto. Guardei — ele se levantou, foi

até a saleta e voltou com alguns recortes de jornal nas mãos. Fiquei emocionada. Ele arregalou os olhos:

— A senhora se aproveitou da minha ideia e a utilizou em favor do abolicionismo. Foi muito astuta. Devo admitir.

— Não me lembro de ter feito isso...

— Ah, fez. Como todos os abolicionistas, aliás, sempre fizeram. Mas é isso. Eu disse um dia que vocês incitavam os negros à violência contra seus donos, que dividiam o país, que acabavam com a nossa união. Pois bem. Os abolicionistas reverteram isso de um lado, propagaram por toda a parte que eles só se transformavam em feras embrutecidas porque a escravidão os mudava assim.

Tentei interrompê-lo, mas ele continuou:

— Aí aparece minha Firmina com esse conto.

Eu sorri, tentando entender o que ele queria dizer.

— Somos uma família nos engenhos, o dono, a casa-grande, a senzala. Então, se é assim, se o negro é meu irmão, eu não posso escravizá-lo, porque todos precisam ter liberdade e igualdade, além da fraternidade — ele suspirou. — Parabéns.

Eu ri muito, desconfiada dessa tese dele.

— Não investi nesse discurso de caso pensado. Só não acho que devíamos convencer as pessoas a libertar os escravos por medo deles, mas por um sentimento mais nobre, de solidariedade. Encontro de solidões... Sabia?

Ele sorriu e pousou uma das mãos no meu rosto de senhora de sessenta e seis anos, e ficamos ali assim, sentados por longo tempo, estáticos naquela sala jogada à penumbra. Lá fora, os dias engoliriam as senzalas abertas e abandonadas, o mato cresceria na terra não cultivada, a cana se misturaria ao abandono, sem as mãos domesticadoras do tempo, sem o trabalho produtivo regulador do solo, sem o ritmo sempre igual das enxadas, do arado, das mãos humanas e do chicote. Nenhum escravo havia ficado para trás.

Era apenas o primeiro dia de uma nova continuação, mas, ao olhar o deputado à minha frente, pensei de súbito que parecia terem-se passado muitos anos naquela casa desde a assinatura da lei, e que a ruína há muito tempo se fizera a senhora do engenho. De um dos quadros da parede, o capitão Januário Daniel Gomes de Castro me olhou, grave, e engoli em seco.

— É só um novo tempo, Augusto. Vai ser melhor para todos. Vai ser um tempo de igualdade, fraternidade, e liberdade.

Ele me contemplou.

— Não se iluda, minha cara Firmina. Não se iluda com essas palavras...

— Eu nunca me iludi com muita coisa desde aquela festa aqui, Augusto.

Os olhos dele brilharam melancólicos, e ele se levantou e foi me trazer um vinho do porto. Gentil até em pleno caos.

O sarau de 1848 havia sido minha primeira e última festa no Engenho. Ele me convidara na casa da tia Henriqueta, e acho que até ela nutriu ilusões. Mas eu nutri muitas, muitas, muitas, muitas ilusões.

O pranto é ventura,
Que almejo gozar;
A dor é tão funda,
Que estanca o chorar.

Nunca fui uma pessoa de chorar.

Chegamos ao Engenho Santo Antônio naquela noite de 1848, eu em meu melhor vestido de musselina cor de areia do Cuman, os cabelos arrumados atrás em cachos miúdos, sapatos novos. Entrei na casa dele pela primeira vez, e tudo me impressionou. Os móveis, as tapeçarias, o papel de parede. Os quadros nas paredes, as escadarias e os corredores que pareciam levar a secretas câmaras de um mundo que eu não conhecia. E a saleta com os livros dele e uma escrivaninha de trabalho, onde tantas vezes depois eu me sentaria com Augusto.

Os convidados também me impressionaram. Todas as famílias importantes de Alcântara estavam lá. E algumas de Guimarães, e outras de São Luís, e uma fazendeira de Viana. E tia Henriqueta e eu. Fiquei com medo, eu tinha vinte e seis anos naquela época, e procurei ficar em silêncio na maior parte do tempo. Mas o Augusto estava entusiasmado demais, daquele jeito todo dele, que acolhia as pessoas e queria que todos falassem. Ele me provocou o tempo todo discretamente naquele jantar, e depois do jantar. E quando as mulheres foram para a sala decorada com flores, e os homens foram à outra sala conversar sobre política e assuntos que não nos diziam respeito, parei entre uma sala e outra brevemente, a observá-lo sem nenhuma discrição. E ele riu daquele meu jeito e foi até mim.

— Minha querida hóspede, como posso ajudá-la?

— Eu... gostaria de falar de política, e não ficar sabendo de todos os detalhes da vida matrimonial das senhoras de Alcântara.

Ele riu-se muito, realmente divertido. E quebrou as regras. Puxou-me pelo braço até a sala de homens. Fiquei levemente embaraçada, mas ele queria fazer um gracejo e me agradar um pouco, aquilo seria só por pouco tempo. Muito depois fui entender que tudo não passara de uma brincadeira; eu estava ali, mas todos os homens saberiam que minha presença e a da toalha da mesa valiam a mesma coisa entre aqueles homens importantes.

Apesar disso, Sotero dos Reis estava muito feliz com meu progresso, e me apresentou a todos, com orgulho.

— Então a senhora é professora de Guimarães, que coisa mais interessante — foi ali que conheci Heráclito Graça.

— Sim. As escolas no Maranhão precisam ser aumentadas, expandidas, senhor. Espero que os homens da política possam resolver este problema tão grave da nossa província e do nosso país.

O barão de São Bento deve ter achado aquela brincadeira do futuro genro meio inconveniente, porque tratou de me responder sem nenhuma afabilidade:

— Senhora, sinto muito que tenha que se preocupar com isso. Para resolver este assunto, estou eu e outros como eu na política, em nossos gabinetes. E a senhora deveria estar na sala ao lado, preocupada apenas em se divertir com tantas moças e senhoras de boa educação.

Engoli em seco, e nem Heráclito gostou daquilo. Mas o barão de São Bento era um homem grave. Augusto sorriu, sem se abater, e me puxou pelo braço:

— A professora Maria Firmina vai para a outra sala então... quem sabe ela consegue ensinar alguma política às outras senhoras?... — e riu-se, muito divertido.

Fiquei bastante chateada, mas depois esqueci o fato quando o Augusto segurou em minha mão no caminho para a outra sala:

— Não fique chateada...

— Quem é ele?

— O Barão de São Bento... tem fazendas em Alcântara.

— Sei...

— E é líder do Partido Conservador — ele riu muito. — Heráclito Graça também gostou de vê-la falar aquilo com ele... foi divertido...

— Doutor Augusto, acha que fui inconveniente?

— Não!... — ele pegou em minha mão de novo, e eu gelei. — Eu a adoro por isso, minha amiga. Se alguém foi inconveniente, fui eu.

— Não, não foi, mas...

— Eu preciso lhe falar.

Olhei nos olhos dele. Ele tentava esconder, mas pude ver uma melancolia ali.

— Doutor Augusto, eu...

— Não. Espere. Espere.

Esperei.

— Por que eu tenho que fazer isso?

Ele soltou a minha mão.

— O que o senhor tem que fazer?

— Senhora... eu... vou me casar. Com a filha do Barão de São Bento.

Eu ouvi nesse momento um barulho de uma travessa caindo no chão da cozinha, ou imaginei ter ouvido. Ouvi também um choro e um chicote estalando lá dentro. Ele percebeu meus olhos arregalados, e não sabia mais o que me aterrorizava. Eu também não sabia, e não consegui lhe responder nada. Depois, e com muito custo, enchi o peito de ar e lhe perguntei, na maior tranquilidade:

— Aquilo foi um estalo de chicote?...

Ele sorriu, impressionantemente bonito.

— Deve ter sido, eu sinto muito. Não estou lá para fiscalizar.

Devo ter ficado por uns instantes sem dizer nada, porque me lembro de tê-lo ouvido me chamando algumas vezes.

— Veja bem, doutor Augusto. Eu... sinto mesmo se fui inconveniente. Não... estou falando da sala...

— Não! Eu é que lhe peço desculpas, senhora. Infelizmente... é uma coisa... que não pode ser evitada. Meu coração já está aqui — ele abriu minhas mãos e depositou algo invisível nelas. Senti vontade de atirar longe aquele nada que ele me oferecia, achando que me prestava grande favor.

— O senhor é livre?

— Não sou... tenho... que assumir este compromisso.

— Pelo bem da nação e da economia.

— Maria Firmina, eu...

— Adeus, senhor Augusto.

— Não me deixe, por favor.

— Conheço o meu lugar. Mas não é na sua cozinha. Com licença.

Não nos falamos mais, até o dia em que ele teve que ir.

Olho esse velho decadente misturado nos quadros das paredes desta casa e acho que a ruína nos consumiu a todos.

— Vou me atrasar.

— Fique mais um pouco. Fique.

— Vou me atrasar, não posso.

— Fique, Augusto. Fique, por favor.

— Vou perder o vapor.

— Perca o vapor, perca a noiva. Fique em Guimarães. Fique na casa da tia Henriqueta.

— Meu bem, eu tenho compromissos. Nada vai mudar.

— O senhor não pode se casar comigo porque sou mulata e pobre.

— Pare, Firmina, pare. Nada disso.

— Pois saia daqui então. E não volte nunca mais...

O meu velho se demora a trazer o vinho do porto e sei que parou no caminho para olhar a senzala, o quadrado, a vida que já não há no Engenho. Fico pensando na crueldade do mundo que me dividiu de mim. Eu sempre quis me juntar. A escola mista era uma ideia assim, de juntar as pessoas para que eu conseguisse me costurar. Eu ia me juntando naquelas aulas de crianças misturadas. Ninguém entendeu. Tivemos que fechar em menos de dois anos. O nosso único projeto juntos, e não deu em nada. O mundo sempre quis me desmembrar de mim.

— No que você está pensando, Augusto?

— Estou pensando no Rio de Janeiro. Vou vender isso aqui tudo e ir-me embora de vez.

Calei-me. Ele viu que eu não queria que fosse embora. Arrependido por ter me magoado, me ofereceu um cálice de vinho.

— E no que a senhora pensava?

Hesitei.

— Pensava na escola. Nos alunos de Maçaricó que vieram ter aulas. No escândalo.

Ele riu.

— Foi uma das nossas piores ideias.

— Não!...não foi... Esse mundo, meu querido, sempre me dividiu a alma.

Ele sorriu, bebendo um grande gole:

— À ruína! — brindou.

Eu levantei meu cálice:

— Aos destroços.

****

Capítulo 14

Se uma frase se pudesse
Do meu peito destacar;
Uma frase misteriosa
Como o gemido do mar,
Em noite erma, e saudosa,
De meigo, e doce luar.
Ah! se pudesse!...mas muda
Sou, por lei, que me impõe Deus!
Essa frase maga encerra,
Resume os afetos meus;

Entretanto, ela é meu sonho,
Meu ideal inda é ela;
Menos a vida eu amara
Embora fosse ela bela.
Como rubro diamante,
Sob finíssima tela.
Se dizê-la é meu empenho,
Reprimi-la é meu dever:
Se se escapar dos meus lábios,
Oh! Deus, – fazei-me morrer!
Que eu pronunciando-a não posso
Mais sobre a terra viver.

— Augusto. Fique em Guimarães.
— Não posso.

Olhei no relógio da parede da tia Henriqueta. Estava quase na hora do vapor.

— Então, isso é adeus.

Ele se calou. Vi aquele homem com os olhos marejados uma única vez, e foi ali.

— Eu... lhe devo desculpas.

— A mim?...

— Eu podia ter-lhe... dado uma vida.

Dei de ombros. A minha velhice ainda não me tirara o orgulho.

— Você tentou... mas eu... não quis.

Ele sorriu. Deve ter-se lembrado de alguma passagem daquela história cheia de voltas.

— Arrogante e teimosa... vamos comigo.

— Está falando sério?

— Sim. De que valem certos princípios agora?... vamos comigo, nem que seja no apagar das luzes. Vou lhe dar uma vida.

Era uma cena igual à outra. Eu, sentada na poltrona, de frente para ele, na casa da tia Henriqueta, e o meu deputado me oferecendo uma vida.

— Meu querido amigo. Meu lugar é aqui.

— O que você tem aqui?... — ele me encarou. — Mais nada. Vamos comigo.

Eu não iria, mas não quis magoá-lo. Era ele que não tinha mais nada ali. Estava querendo jogar aquilo em mim.

— E o que você vai ter no Rio de Janeiro?

Ele, melancólico como estava, conseguiu sorrir, e os olhos daquele conservador se iluminaram:

— A questão servil é uma batalha perdida. Mas o país e o governo precisam voltar ao rumo. E vão voltar.

Um calafrio percorreu minhas costas. Ele parecia prometer ordem e progresso, mas a ideia de ambos me assustava e parecia descompassada à letargia em que haviam ficado as fazendas.

— Augusto. Se tem que ir, vá. O vapor não vai ficar lhe esperando.

— Firmina...é adeus?...

Levantei-me. Ele se levantou, as pernas na dificuldade da velhice para corresponder aos comandos da cabeça da gente.

— Adeus, meu mais querido Augusto.

Ele inclinou-se para a frente, e jogou todo o seu peso em cima de mim, naquele derradeiro abraço, e era o peso do mundo que eu segurava nas mãos.

— Podíamos ter uma vida, Firmina.

—... Nós tivemos uma vida. E continuaremos com ela. Não deixe o mundo te desmembrar. Esta é a nossa única missão neste mundo...

Ele me olhou profundamente e afagou meu rosto. Vi que ele estava se desmembrando já, em processo acelerado, e senti uma pontada no peito.

— Adeus, minha doce amiga.

Eu o beijei pela última vez ali, e o vi sair. O seu único criado que não havia desaparecido o esperava do lado de fora, e o levaria ao cais. Ele não olhou para trás, e eu nunca mais o vi.

***

O mar, dizem, leva tudo embora. Hoje, acordei cedo para continuar a escrever, e acho que o mar levou o resto da minha visão durante a noite. Está cedo, eu sei, mas não enxergo mais o papel à minha frente, nem a pena na minha mão. E ainda não terminei de contar tudo, tudo, conforme aconteceu de verdade. Tenho pensado muito no Augusto, que se foi deste mundo e nem viu a guerra que começou lá na Europa e que promete destruir o mundo todo. Mariazinha diz que é exagero dessa gente, que nem Europa é capaz de haver. Essa negra anda ficando doida, pode ser, sim.

Acho que o Augusto, com aqueles olhos castanhos, não via algumas coisas que se passavam à sua volta. Ou via coisas que eu nunca vi. Vai ver, era isso. Mas eu nunca o entendi, nunca pude decifrá-lo, talvez eu não tivesse o mapa certo. Mas ele se foi, e, agora, com ou sem mapa, estou navegando aqui sem poder andar, com esses joelhos estropiados e a alma habitada por assombrações do passado.

Mas eu custo a me desmembrar. Quando a onda vem com mais força e ameaça me jogar na areia da praia com violência, eu finco meus pés na linha que divide o mar da terra seca e sinto todo o solo arenoso correr por debaixo de mim; e eu me movo, em uma instabilidade que sempre me doeu, mas que sempre suportei, embora nem sempre tenha tido muita coragem para suportar tanta giragem.

Quando eu era criança, gostava de correr na praia do Cuman; eu e a Amália íamos de mãos dadas, e ríamos muito das garças a voarem sobre as nossas cabeças. Depois, soltei a mão dela e fiquei sozinha na praia por muito tempo, até me esquecer das garças, das brincadeiras e das risadas. Eu queria ter tido uma vida, mas não deu: eu tinha que ser várias.

Na casa do Pedro Nunes Leal, em cima da livraria, houve um dia um sarau, e me chamou à cozinha a governanta da casa e me pediu que lhe fizesse favores lá enquanto minha senhora conversasse com os outros senhores. Eu falei para ela que gostaria de ajudar, mas não podia, eu estava na reunião, eu não era mucama de ninguém, e ela me olhou no fundo da alma como se procurasse também o mapa, ela havia perdido o caminho. E o Pedro Nunes Leal, o dono da livraria, escutou aquela conversa e arrumou-me uma cadeira no meio das senhoras. Mas eu não dei opinião naquela reunião, que era sobre abolição e manumissão de escravos, e o Brasil, que embranqueceria e ficaria civilizado.

Mas, Mariazinha, você podia me contar uma de suas histórias pelo menos hoje. Sonhei outra noite que tinham me roubado esses meus escritos todos em São Luís. Alguém levou tudo pra são Luís, para a casa da minha tia Lucinda. Ou da minha menina Nhazinha. Não sei. Entrou ladrão, espalhou tudo, a história do meu deputado se foi do meu baú. Acordei em grande aflição, com o coração partido. Eu fiz uns versos muito tristes uma vez. Eu queria ter feito versos mais alegres. Sabe, aquela história de sofrer as penas e nem poder meus pesares sentir, e nem saber como eu existo, sim, sou vaga sombra entre os vivos, como posso existir, como eram aqueles versos, eu não me lembro, mas sei que, se eu me esforçar, vou conseguir declamá-los mais uma vez para você. Mariazinha, você podia me fazer um favor, eu queria muito que jogasse os búzios para mim e rezasse daquele jeito seu. Eu vi. Uma vez, na senzala do Engenho do Sr. Dr. Augusto Olímpio Gomes de Casto, eu vi uma negra jogando os búzios, e uma mucama me disse que ela jogava para quem quisesse, e me perguntou se eu queria, e eu quis, mas não conte, Mariazinha, não conte para ninguém, mas eu me sentei na senzala do Engenho do deputado, só na senzala daquela senhora, e olhei o fogo e me aqueci naquele fogo e naquelas sombras, e ela jogou pra mim e me disse que eu iria me desmembrar, e eu tenho tentado me juntar. A vida é desmembramento, minha Mariazinha. De onde você veio? Por que não conversamos mais sobre você? Por que você não me falou da sua mãe?...e eu queria tanto a minha mãe, mas eu sentia medo dela, e ainda sinto. Sabe. Você sabe. Boa noite, Mariazinha, eu preciso descansar dessa vertigem que é esse meu movimento de me juntar.

— Dorme, dona Firmina. Descansa. Descansa, minha menina.

A senhora cuidou da Rosa, nunca vou me esquecer. Mas a Leonor nunca conseguiu cuidar de você. Ela tinha raiva, remorso, vergonha. Ela tinha tudo, porque ela fez você e a sua irmã Amália no pecado da concupiscência com seu pai, aquele fazendeiro ruim do João Esteves. E todo mundo falou, mas ela estava atrás dele e arrumou barriga. E você agora ficou assim, sem nome do pai, porque aquele coisa ruim não ia dar nome de branco para filha mulata bastarda. Ele era ruim, cortava as pernas dos escravos e jogava limão em cima, e deixava no sol pra ver se aquilo ia inchar igual pele de branco. E sua mãe, não sei. A sua mãe perdeu o juízo.

A sua mãe, uma mulata bonita dessas, e atrás desse homem que não vale nada. Ela é forra desde que saiu da mão do Comendador Caetano José Teixeira, então pode arrumar trabalho fora desta fazenda. Já falei pra ela isso. Sou só uma menina, e tenho mais juízo que a sua mãe. Amanhã, falo de novo... com a Leonor, tem que ser assim, todo dia... a mesma falação...

Outro dia, chegou aqui a dona sinhá, e ela está de olho na sua mãe. Já adivinhou muita coisa que não viu, e eu falei para a sua mãe ir-se embora, mas ela vai ficando...

Os filhos do senhor também estão de olho na sua mãe. Eles não querem saber de escândalo. Se ela fosse escrava, ainda ia, mas é forra. É mulher livre e vai pra onde quiser, e se acontecer um bebê, vai parir um irmão deles por aí e ainda por cima mulato. O pai deles perdeu o juízo, e eles estão de olho nessa negra feiticeira.

Sua mãe agora quer jogar os búzios todo santo dia pra ver se vai virar sinhá. Já falei pra ela que a coisa não é assim, mas ela não cria juízo. Ela devia se mudar pra São Luís, tem uma família precisando de uma arrumadeira, e vão pagar salário. Mas prefere ficar à toa pela fazenda e atrás do João Esteves.

Aquele seu pai é um demônio, eu já te falei. Mas a verdade é que ele é pior que o demo. Ele apronta o dia inteiro com essa escravaria dele, e ninguém aguenta mais. Estão todos fugindo pro quilombo. Eu não vou. Sou criança e não corro muito. Tenho medo de me apanharem no mato. Outro dia, eu errei a trilha do algodoal e fui parar quase lá. Deus me livre, vi um negro pendurado num galho de árvore, com a língua de fora. Voltei correndo, e sua mãe me contou tudo. Foi obra do seu pai, aquilo ali. Ele mandou enforcar negro fugido, que não serve pra nada.

Agora, está fazendo um frio danado nas senzalas, e sua mãe, em vez de ficar aqui no fogo com a gente, está esquentando cama de branco lá em cima. A sinhá está na cidade, mas as mucamas aqui contam tudo pra ela quando a dona voltar. Deixa a Leonor. Deixa ela...

Alguém viu a Leonor chorando pelos cantos. O senhor já falou que não quer nem ver a cara do neném. Mas, Firmina, sua mãe é teimosa. E aquele coisa-ruim gosta dela. Deixou ela ir ficando. E a dona-sinhá de olho, aquilo não está bom. Tenho que ficar de olho vivo na sua irmã. Ela é pequena e, outro dia, seu irmão, o sinhozinho, já pegou na mão dela e levou pra dentro da casa grande. Sorte que a sinhá não estava lá, acho que estava em algum canto da fazenda. Mas a mucama viu ele entrar com a menina lá dentro, e a casa vazia. Sorte, muita sorte, Firmina. Mas o que esse sinhozinho quer com a menina Amália lá dentro?

Vai embora, Leonor, vai embora. Olha a desgraça. Olha os búzios te falando. Vai, minha filha. E arruma um jeito de me tirar daqui. Pensa na sua amiga Mariazinha. Vê se alguém me compra desse filho-do-demo. Quero sair deste lugar.

Você sabe. Meu pai e minha mãe sempre moraram comigo aqui. Tive muita sorte. Mas eles morreram já, de cólera, e não quero me casar com ninguém quando eu crescer. Quero ir-me embora, só isso, arrumo um trabalho, ou vou ser escrava de outra pessoa, que já sei ajudar e sou trabalhadeira. E já vi tanta coisa acontecer nessa casa-grande, que apanhei nojo dessa gente aqui.

A Leonor criou juízo, finalmente, mas agora tem duas pra criar, e quero ver se me busca aqui.

Mariazinha, como você faz pra ter pernas tão boas?

Não gastei muito minhas pernas, Firmina.

Agora, escute. A sua mãe falava assim: Mariazinha, tira essas meninas do sol, que elas não podem ficar mais pretas do que são, senão não consigo casá-las com ninguém. E eu tirava, eu tirava. Mas vocês voltavam pro sol, e a Amália levou uma surra uma vez de vara porque ficou com o rosto preto da praia do Cuman. Perdoa sua mãe, Firmina. Perdoa ela. Esquece aquilo. Esquece o que disse a Mariazinha. Só dorme, e sonha com a praia e com o mar, que apaga tudo, minha filha. E eu vivi tanto só pra te contar, mas também estou anoitecendo. Esquece, minha filha, esquece.

Firmina, estou aqui, sou Leonor. Eu vi você na praia brincando com aquelas negrinhas e não queria que você sujasse o vestido. Minha filha, eu estou te falando. Você pode ir na casa deles, pode jantar com eles, pode escrever como eles e amá-los, mas nunca será como eles. Olha o que aconteceu com a sua irmã. Olha, e agora não tenho onde enfiar esta criança. A Mariazinha vai criar, graças a Deus, como se fosse filha dela, vai botar-lhe o nome de Rosa. Nosso segredo. E estaremos salvas de outra filha bastarda. Minha filha, não fique assim com a sua mãe. Estou dando a filha da sua irmã para que você ainda tenha uma chance, e ela também. E a criança. Eu queria que você tivesse uma chance, Firmina. Mas você nasceu ainda com os cabelos mais crespos que os da sua irmã. Vocês não ficaram tão clarinhas, e eu não sei o que fazer.

 Eu fiz as bonequinhas de palha que o seu pai me pediu para as crianças sobrinhas dele, fiz tudo com cabelo de palha seca de milho, eu deixei no sol, elas estavam lá, e, depois, ficaram todas assim. Firmina, estou te falando. As bonecas escureceram, e isso parece feitiço. Eu vi você jogando os búzios na senzala. Cuidado, Firmina, cuidado. Há movimentos perigosos, que vão te levar para um lugar de onde você não poderá mais voltar. Estou te falando. Conversa com o padre. Conversa. Faz oração nesse rosário, menina, para de confiar em reza de preto. Sou mulata fechada, minha filha, eu sei. Eu queria muito que você ficasse na fazenda do seu pai, mas ele não quis você, nem a sua irmã. E agora eu não sei o que fazer.

***

O mar está molhando a praia do Cuman. Ele vem e volta, em seu movimento repetido e incansável. A areia seca, ele torna a molhá-la. E desprende os seus grãos com paciência, e faz o solo se mover. A onda vem e volta, e a areia seca e molha, molha e seca, a areia se movendo aos poucos e muito devagar.

 Um grupo de meninas brinca na areia. Uma tem cabelos de

palha de milho. Outras têm os olhos expressivos e o rosto da cor da graúna. Outras duas têm a cor da castanha de caju torrada. Elas dão as mãos e estão aprendendo uma dança nova em cima da areia que se move.

Estão chegando outras meninas, em muitos barcos, elas chegam com os joelhos cansados, elas querem brincar na areia da praia. E estão chegando muitos meninos também, eles estão cansados do peso do mundo. E chegam crianças sem cor, cansadas das cores do mundo. Eles querem aprender a dançar em cima da areia que se move. Eles querem enxergar outras cores. Mas ainda leva muito tempo. Enquanto isso, o mar embaralha a vagareza das horas.

****

Nota Histórica

Há histórias que não morrem, parece que só adormecem por um tempo, e depois voltam para nos aborrecer. Uma dessas histórias é a de Maria Firmina dos Reis, e outras são as pequenas histórias-fragmentos que compuseram o presente romance. Outra, ainda, é a questão da escravidão no Brasil, que, como postulou Nabuco, "permanecerá por muito tempo como a característica nacional do Brasil". O resto é invenção.

Escrevi sobre uma autora que existiu, com base em fatos e personagens reais, em notícias de jornais e em personagens inventados, mas decidi que tinha que fazer esta nota, a fim de apresentar ao leitor informações que retirei de documentos históricos.

Maria Firmina dos Reis morou entre as cidades São Luís e Guimarães. As notícias e também os fatos que apresento ao longo da narrativa estão dos periódicos. Da mesma forma, os nomes das "pessoas de importância" e suas posições partidárias, os senhores de engenho e algodoais que moravam em sobrados; os principais jornalistas, seu discurso, suas opiniões, suas palavras em artigos de jornais, busquei trazer tudo o que coube ao meu texto reconstruindo os episódios a partir de interpretação de fatos históricos, por exemplo, a carta publicada pelo irmão de Francisco Brandão e o discurso de um dos maiores abolicionistas maranhenses, Celso de Magalhães, em defesa do embranquecimento. Assim também, vieram de fontes históricas os pequenos casos que estruturam o romance: a *mulata* que se vai em 1875 no cais, o negro que anda a ferros, apesar da proibição do Código de Posturas, o suicídio da cafuza Raimunda, para quem inventei os motivos e a história prévia ao suicídio, e as outras menções a escravos citadas ao longo da narrativa; as notícias sobre o perigo no Canto-Pequeno, a sujeira no Largo dos Remédios, a polêmica sobre a venda de carnes, sobre a casca de banana jogada da janela de uma repartição pública, sobre as melhorias da Atenas brasileira, como os chafarizes e a proibição das casas de palha. Todos os fragmentos de jornais citados ao longo da narrativa foram extraídos dos periódicos da época. Assim também, a história do quilombo Benedito do Céu está relatada em fontes históricas, até a citação do mulato Raphael na fazenda da dona Olímpia. Mas, ao ler o recorte de jornal, achei que Raphael merecia uma história prévia, que inventei. Assim como inventei a história da Celestina na fazenda do engenho Timbó, embora a invasão, a notícia e a retomada da propriedade estejam todos registrados nos jornais da época, incluindo o fato de terem encontrado, ao final da confusão em Viana, apenas um "pretinho de 2 anos de idade".

Quanto à Maria Firmina, ela foi de fato visitada pelo governador Luiz Domingues em sua velhice, a notícia saiu n'*A Pacotilha*. A autora, ao contrário do que dizem alguns, não vivia no ostracismo e escondida na época, mas era figura conhecida nos círculos de São Luís, como sugerem os relatos que pude recolher. De sua biografia, tomei detalhes como sua dieta de sopa de leite com beiju, bolo com coco, frango assado, os filhos adotivos, a Mariazinha, o fato de ter morrido cega e de ter escrito muita coisa que se perdeu em um assalto em São Luís. O que se perdeu é a história que eu tomei a liberdade de inventar.

Firmina, a partir de seus poemas, prosa, e daquilo que temos sobre ela nos jornais da época e em seu diário, apresenta-se como uma figura melancólica. Mas minha história é, como diz minha narradora, "um pouco sobre o que foi e um pouco sobre o que talvez tenha sido". Que o deputado conservador Augusto Olímpio Gomes de Castro tenha existido, tenha se casado com a filha do barão de São Bento, tenha sido deputado provincial e geral, e tenha sido contemporâneo da autora é fato, mas a história do romance entre os dois é pura invenção. Nem sei se chegaram a se encontrar. O fato é que minha autora circulava por um mundo dividido entre abolicionistas, emancipacionistas e conservadores, e se posicionava na ala mais à esquerda das três. Procurei então imaginar como teria sido sua relação com os figurões da época: os jornalistas e suas posições; sua atuação e seu engajamento na *Sociedade Manumissora* e no *Clube dos Mortos*, que de fato existiram em São Luís, incluindo o escândalo das manumissões falsas e o sistema de *Underground Railroad*, que levava escravos para o Ceará.

Por fim, resta dizer que foi neste mundo cheio de contradições entre a ordem, o progresso, as variadas e controversas correntes abolicionistas, as religiões e as questões raciais, em uma sociedade cordial profundamente violenta e segregacionista, que Maria Firmina dos Reis se posicionou e tentou se equilibrar sobre os pés durante sua existência.

Bárbara Simões

Esta obra foi composta em Arno pro light 13,
e impressa em papel pólen 80 na Trio Gráfica para
a Editora Malê, em agosto de 2024.